중학생 독후감 필독선 7

중학생이 보는

LEEHYOSEOK LEEHYOSEOK

메밀꽃 필 무렵

이효석 지음
성낙수(한국교원대 교수) · 유의종(신일중 교사) · 조현숙(제천여중 교사) 엮음

좋은 책 좋은 독자를 만드는—
㈜신원문화사

더 이상 언급할 필요도 없지만 요즘은 독서의 중요성이 더욱 강조되는 시대입니다. 첨단과학으로 이루어진 대중매체 덕분에 눈으로 읽는 것보다는 말초신경을 자극하는 동영상 쪽으로 관심이 모아지는 데 대한 우려 때문일 것입니다. 꿈과 희망을 가지고 자라나는 학생들에게는 올바른 사고력과 분별력을 키워주어야 합니다. 그런 점에서 다른 사람들의 생각과 철학, 인생관과 세계관이 들어 있는 명작들을 많이 읽는 것이야말로 바람직한 학습 효과를 거둘 수 있는 지름길이라 생각합니다.

명작은 오랜 세월에 걸쳐 많은 사람들이 읽고 크게 감동을 받은 인정된 작품들로서, 청소년들의 삶에 지침이 되어 주고 인생관에 변화를 주게 될 것입니다.

이번에 중학생들에게 꼭 읽히고 싶은 명작들을 선정하여, 작품을 바르게 감상하고 독후감을 쓰는 데 도움을 주고자 이 시리즈를 기획하게 되었습니다. 작품들은 동서고금에 걸쳐 객관적으로 인정받은, 훌륭한 대상만을 선정하였습니다. 그리고 책의 구성을 다음과 같이 하여, 읽고 쓰는 데 도움이 되도록 하였습니다.

하나, 삶에 대한 지혜와 용기를 주고 중학생이라면 꼭 읽어야 할 명작만을 골랐습니다.

둘, 명작을 읽고 난 후의 솔직한 느낌을 논리적 · 체계적으로 쓸 수 있도록 중학생들의 독후감 작성에 따르는 부담을 덜어 주도록 구성하였습니다.

셋, 작품 알고 들어가기, 내용 훑어보기, 작품 분석하기, 등장인물 알기를 통해 작품을 분석하는 힘을 기를 수 있도록 하였습니다.

넷, 작가 들여다보기, 시대와 연관짓기, 작품 토론하기 등을 통해 작가의 일생을 알고 시대의 흐름을 파악하여 상상력과 창의력을 키워 주도록 하였습니다.

다섯, 독후감 예시하기와 독후감 제대로 쓰기에서는 책을 읽는 방법과 독후감 모범답안 실례를 제시함으로써 문장력을 길러주는 한편 독후감 쓰기의 충실한 길라잡이가 되도록 했습니다.

아무쪼록 이 책들이 중학생들의 학습 능력 향상에 큰 도움이 되길 빌어 마지 않습니다.

엮은이 성 낙 수

차 례

작품 알고 들어가기

메밀꽃 필 무렵 11

돼지 25

낙엽기(落葉記) 35

장미(薔薇) 병들다 47

산 75

수탉 87

들 95

석류 119

가을과 산양(山羊) 135

분녀(粉女) 147

향수(鄕愁) 185

독후감 길라잡이 203

독후감 제대로 쓰기 237

중학생이 보는

LEEHYOSEOK LEEHYOSEOK

메밀꽃 필 무렵

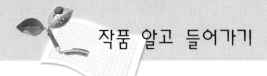

메밀꽃 필 무렵

단편소설 〈메밀꽃 필 무렵〉은 장돌뱅이 허 생원의 삶과 애환을 매우 서정적이고 낭만적인 문체로 그리고 있습니다. 더불어 허 생원과 동이를 통해 혈육에 얽힌 인간 본연의 정을 진하게 느낄 수 있죠. 자연을 토속적이고 아름답게 묘사하여 신비로운 느낌마저 들게 하는, 순수소설 · 서정소설의 대표격인 〈메밀꽃 필 무렵〉. 등장인물들간의 관계와 배경 묘사를 염두에 두고 감상해 보세요.

돼　지

단편소설 〈돼지〉는 짧지만, 돼지에 얽힌 작은 사건으로 농촌 총각 식이의 삶과 꿈이 좌절되는 모습을 효과적으로 잘 표현하고 있는 작품입니다. 이 작품에서의 '돼지'는 단순한 동물이 아니라 주인공 식이의 꿈이자, 식이가 좋아하는 이웃 처녀 분이와 연결시켜 주는 중요한 역할을 하고 있어요. 이런 점을 잘 기억하면서 작품을 감상해 보세요. 그리고 빼놓을 수 없는 이효석의 토속적이고 서정적인 문체도 눈여겨봅시다.

산

　단편소설 〈산〉은 이효석의 뛰어난 자연 묘사가 잘 드러나 있는 작품입니다. 원래 소설은 사건 중심으로 전개되는 것이 일반적인데, 이 작품은 묘사 중심으로 전개되고 있어서 매우 서정적이랍니다. 가을의 산속을 배경으로 펼쳐지는 아름다운 묘사를 통해 작가의 산에 대한 애착이 어느 정도인지 짐작할 수 있지요. 산과 벗하여 사는 주인공의 삶을 통해 자연에 대한 동경과 자연의 아름다움을 물씬 느껴 보세요.

들

　단편소설 〈들〉은 같은 시기에 발표된 〈산〉에 비하면 보다 뚜렷한 사건 전개가 이루어지지만, 역시 자연에 대한 묘사가 중심을 차지하고 있는 소설입니다. 이 작품은 1인칭 주인공 시점으로, 자연에 대한 강한 애착이 잘 드러나 있어요. 작품을 읽을 때 들을 배경으로 펼쳐지는 주인공 학보의 전원적인 삶의 모습과, 순수한 자연이 어떻게 인간의 욕망에 영향을 미치는지 잘 살펴보세요. 그리고 자연과 인간이 하나가 되는 장면들이 얼마나 아름답게 묘사되는지에도 초점을 맞춰 감상해 보세요.

메밀꽃 필 무렵

메밀꽃 필 무렵

　여름장이란 애시당초에 글러서, 해는 아직 중천에 있건만 장판
은 벌써 쓸쓸하고 더운 햇발이 벌여 놓은 전 휘장 밑으로 등줄기
를 훅훅 볶는다. 마을 사람들은 거지반 돌아간 뒤요, 팔리지 못한
나무꾼 패가 길거리에 궁싯거리고들 있으나, 석유병이나 받고 고
깃마리나 사면 족할 이 축들을 바라고 언제까지든지 버티고 있을
법은 없다. 춥춥스럽게 날아드는 파리떼도 장난꾼 각다귀들도 귀
찮다. 얽둑빼기요 왼손잡이인 드팀전의 허 생원은 기어코 동업의
조 선달을 나꾸어 보았다.

　"그만 거둘까?"

　"잘 생각했네. 봉평장에서 한 번이나 흐뭇하게 사본 일 있을까.
내일 대화장에서나 한몫 벌어야겠네."

　"오늘밤은 밤을 새서 걸어야 될걸?"

"달이 뜨렷다?"

절렁절렁 소리를 내며 조 선달이 그날 번 돈을 따지는 것을 보고 허 생원은 말뚝에서 넓은 휘장을 걷고 벌여 놓았던 물건을 거두기 시작하였다. 무명 필과 주단 바리가 두 고리짝에 꼭 찼다. 멍석 위에는 천 조각이 어수선하게 남았다. 다른 축들도 벌써 거진 전들을 걷고 있었다. 약빠르게 떠나는 패도 있었다. 어물장수도, 땜장이도, 엿장수도, 생강장수도, 꼴들이 보이지 않았다. 내일은 진부와 대화에 장이 선다. 축들은 그 어느 쪽으로든지 밤을 새며 육칠십 리 밤길을 타박거리지 않으면 안 된다. 장판은 잔치 뒷마당같이 어수선하게 벌어지고, 술집에서는 싸움이 터져 있었다. 주정꾼 욕지거리에 섞여 계집의 앙칼진 목소리가 찢어졌다. 장날 저녁은 정해 놓고 계집의 고함소리로 시작되는 것이다.

메밀꽃 필 무렵

"생원, 시침을 떼두 다 아네……. 충주집 말야."

계집 목소리로 문득 생각난 듯이 조 선달은 비죽이 웃는다.

"화중지병이지. 연소 패들을 적수로 하구야 대거리가 돼야 말이지."

"그렇지두 않을 걸. 축들이 사족을 못 쓰는 것두 사실은 사실이나, 아무리 그렇다군 해두 왜 그 동이 말일세, 감쪽같이 충주집을 후린 눈치거든."

"무어 그 애숭이가? 물건 가지고 나꾸었나 부지. 착실한 녀석인 줄 알았더니."

"그 길만은 알 수 있나……. 궁리 말구 가보세나그려. 내 한턱

씀세."

　그다지 마음이 당기지 않는 것을 쫓아갔다. 허 생원은 계집과는 연분이 멀었다. 얽둑빼기 상판을 쳐들고 대어설 숫기도 없었으나, 계집 편에서 정을 보낸 적도 없었고, 쓸쓸하고 뒤틀린 반생이었다. 충주집을 생각만 하여도 철없이 얼굴이 붉어지고 발밑이 떨리고 그 자리에 소스라쳐 버린다. 충주집 대문에 들어서서 술좌석에서 짜장 동이를 만났을 때에는 어찌된 서슬엔지 발끈 화가 나 버렸다. 상 위에 붉은 얼굴을 쳐들고 제법 계집과 농탕치는 것을 보고서야 견딜 수 없었던 것이다. 녀석이 제법 난질꾼인데 꼴사납다. 머리에 피도 안 마른 녀석이 낮부터 술 처먹고 계집과 농탕이야. 장돌뱅이 망신만 시키고 돌아다니누나. 그 꼴에 우리들과 한몫 보자는 셈이지. 동이 앞에 막아서면서부터 책망이었다. 걱정두 팔자요 하는 듯이 빤히 쳐다보는 상기된 눈망울에 부딪힐 때, 결김에 따귀를 하나 갈겨주지 않고는 배길 수 없었다. 동이도 화를 쓰고 팩하게 일어서기는 하였으나, 허 생원은 조금도 동색하는 법 없이 마음먹은 대로는 다 지껄였── 어디서 주워먹은 선머슴인지는 모르겠으나, 네게도 아비 어미 있겠지. 그 사나운 꼴 보면 맘 좋겠다. 장사란 탐탁하게 해야 되지, 계집이 다 무어야. 나가거라, 냉큼 꼴 치워.

　그러나 한마디도 대거리하지 않고 하염없이 나가는 꼴을 보려니, 도리어 측은히 여겨졌다. 아직두 서름서름한 사인데 너무 과하지 않았을까 하고 마음이 섬뜩해졌다. 주제도 넘지, 같은 술손

님이면서두 아무리 젊다고 자식 낳게 된 것을 붙들고 치고 닦아
셀 것은 무어야 원. 충주집은 입술을 쭝긋하고 술 붓는 솜씨도 거
칠었으나, 젊은 애들한테는 그것이 약이 된다나 하고 그 자리는
조 선달이 얼버무려 넘겼다. 너 녀석한테 반했지? 애숭이를 빨면
죄 된다. 한참 법석을 친 후이다. 담도 생긴 데다가 웬일인지 흠
뻑 취해 보고 싶은 생각도 있어서 허 생원은 주는 술잔이면 거의
다 들이켰다. 거나해짐을 따라 계집 생각보다도 동이의 뒷일이
한결같이 궁금해졌다. 내 꼴에 계집을 가로채서는 어떡헐 작정이
었누 하고 어리석은 꼬락서니를 모질게 책망하는 마음도 한편에
있었다. 그렇기 때문에, 얼마나 지난 뒤인지 동이가 헐레벌떡거
리며 황급히 부르러 왔을 때에는 마시던 잔을 그 자리에 던지고
정신없이 허덕이며 충주집을 뛰어나간 것이었다.

"생원 당나귀가 바를 끊구 야단이에요."

"각다귀들 장난이지 필연코."

짐승도 짐승이려니와 동이의 마음씨가 가슴을 울렸다. 뒤를 따
라 장판을 달음질하려니 거슴츠레한 눈이 뜨거워질 것 같다.

"부락스런 녀석들이라 어쩌는 수 있어야죠."

"나귀를 몹시 구는 녀석들은 그냥 두지는 않을 걸."

반평생을 같이 지내온 짐승이었다. 같은 주막에서 잠자고, 같은
달빛에 젖으면서 장에서 장으로 걸어다니는 동안에 이십 년의 세
월이 사람과 짐승을 함께 늙게 하였다. 가스러진 목뒤 털은 주인
의 머리털과도 같이 바스러지고, 개진개진 젖은 눈은 주인의 눈

과 같이 눈곱을 흘렸다. 몽당비처럼 짧게 쓸리운 꼬리는, 파리를 쫓으려고 기껏 휘저어 보아야 벌써 다리까지는 닿지 않았다. 닳아 없어진 굽을 몇 번이나 도려내고 새 철을 신겼는지 모른다. 굽은 벌써 더 자라나기는 틀렸고 닳아 버린 철 사이로는 피가 빼짓이 흘렀다. 냄새만 맡고도 주인을 분간하였다. 호소하는 목소리로 야단스럽게 울며 반겨한다.

어린아이를 달래듯이 목덜미를 어루만져 주니 나귀는 코를 벌름거리고 입을 투르르거렸다. 콧물이 튀었다. 허 생원은 짐승 때문에 속도 무던히는 썩였다. 아이들의 장난이 심한 눈치여서 땀 밴 몸뚱어리가 부들부들 떨리고 좀체 흥분이 식지 않는 모양이었다. 굴레가 벗어지고 안장도 떨어졌다. 요 몹쓸 자식들, 하고 허 생원은 호령을 하였으나 패들은 벌써 줄행랑을 논 뒤요, 몇 남지 않은 아이들이 호령에 놀래 비슬비슬 멀어졌다.

"우리들 장난이 아니우, 암놈을 보고 저 혼자 발광이지."

코흘리개 한 녀석이 멀리서 소리를 쳤다.

"고녀석 말투가……."

"김 첨지 당나귀가 가 버리니까 온통 흙을 차고 거품을 흘리면서 미친 소같이 날뛰는 걸. 꼴이 우스워 우리는 보고만 있었다우. 배를 좀 보지."

아이는 앵돌아진 투로 소리를 치며 깔깔 웃었다. 허 생원은 모르는 결에 낯이 뜨거워졌다. 뭇 시선을 막으려고 그는 짐승의 배 앞을 가리어 서지 않으면 안 되었다.

"늙은 주제에 암샘을 내는 셈야. 저놈의 짐승이."

아이의 웃음소리에 허 생원은 주춤하면서 기어코 견딜 수 없어 채찍을 들더니 아이를 쫓았다.

"쫓으려거든 쫓아보지. 왼손잡이가 사람을 때려."

줄달음에 달아나는 각다귀에는 당하는 재주가 없었다. 왼손잡이는 아이 하나도 후릴 수 없다. 그만 채찍을 던졌다. 술기도 돌아 몸이 유난스럽게 화끈거렸다.

"그만 떠나세. 녀석들과 어울리다가는 한이 없어. 장판의 각다귀들이란 어른보다도 더 무서운 것들인걸."

조 선달과 동이는 각각 제 나귀에 안장을 얹고 짐을 싣기 시작하였다. 해가 꽤 많이 기울어진 모양이었다.

드팀전 장돌림을 시작한 지 이십 년이나 되어도 허 생원은 봉평장을 빼논 적은 드물었다. 충주, 제천 등의 이웃 군에도 가고, 멀리 영남 지방도 헤매기는 하였으나, 강릉쯤에 물건 하러 가는 외에는 처음부터 끝까지 군내를 돌아다녔다. 닷새만큼씩의 장날에는 달보다도 확실하게 면에서 면으로 건너간다. 고향이 청주라고 자랑삼아 말하였으나 고향에 돌보러 간 일도 있는 것 같지는 않았다. 장에서 장으로 가는 길의 아름다운 강산이 그대로 그에게는 그리운 고향이었다. 반날 동안이나 뚜벅뚜벅 걷고 장터 있는 마을에 거지반 가까웠을 때, 거친 나귀가 한바탕 우렁차게 울면 ──더구나 그것이 저녁녘이어서 등불들이 어둠 속에 깜박거릴

무렵이면, 늘 당하는 것이건만 허 생원은 변치 않고 언제든지 가
슴이 뛰놀았다.

젊은 시절에는 알뜰하게 벌어 돈푼이나 모아둔 적도 있기는 있
었으나, 읍내에 백중이 열린 해 호탕스럽게 놀고 투전을 하고 하
여 사흘 동안에 다 털어 버렸다. 나귀까지 팔게 된 판이었으나 애
끓는 정분에 그것만은 이를 물고 단념하였다. 결국 도로아미타불
로 장돌림을 다시 시작할 수밖에 없었다. 짐승을 데리고 읍내를
도망해 나왔을 때에는 너를 팔지 않기 다행이었다고 길가에서 울
면서 짐승의 등을 어루만졌던 것이었다. 빚을 지기 시작하니 재
산을 모을 염은 당초에 틀리고 간신히 입에 풀칠을 하러 장에서
장으로 돌아다니게 되었다.

호탕스럽게 놀았다고는 하여도 계집 하나 후려보지는 못하였
다. 계집이란 쌀쌀하고 매정한 것이다. 평생 인연이 없는 것이라
고 신세가 서글퍼졌다. 일신에 가까운 것이라고는 언제나 변함없
는 한 필의 당나귀였다. 그렇다고 하여도 꼭 한 번의 첫 일을 잊
을 수는 없었다. 뒤에도 처음에도 없는 단 한 번의 괴이한 인연!
봉평에 다니기 시작한 젊은 시절의 일이었으나 그것을 생각할 적
만은 그도 산 보람을 느꼈다.

"달밤이었으나 어떻게 해서 그렇게 됐는지 지금 생각해두 도무
지 알 수 없어."

허 생원은 오늘밤도 또 그 이야기를 끄집어내려는 것이다. 조
선달은 친구가 된 이래 귀에 못이 박히도록 들어 왔다. 그렇다고

싫증을 낼 수도 없었으나 허 생원은 시치미를 떼고 되풀이할 대
로는 되풀이하고야 말았다.

"달밤에는 그런 이야기가 격에 맞거든."

조 선달 편을 바라는 보았으나 물론 미안해서가 아니라 달빛에
감동하여서였다. 이지러는 졌으나 보름을 갓 지난 달은 부드러운
빛을 흐뭇이 흘리고 있다. 대화까지는 팔십 리의 밤길, 고개를 둘
이나 넘고 개울을 하나 건너고 벌판과 산길을 걸어야 된다. 길은
지금 긴 산허리에 걸려 있다. 밤중을 지난 무렵인지 죽은 듯이 고
요한 속에서 짐승 같은 달의 숨소리가 손에 잡힐 듯이 들리며, 콩
포기와 옥수수 잎새가 한층 달에 푸르게 젖었다. 산허리는 온통
메밀밭이어서 피기 시작한 꽃이 소금을 뿌린 듯이 흐뭇한 달빛에
숨이 막힐 지경이다. 붉은 대궁이 향기같이 애잔하고 나귀들의
걸음도 시원하다. 길이 좁은 까닭에 세 사람은 나귀를 타고 외줄
로 늘어섰다. 방울 소리가 시원스럽게 딸랑딸랑 메밀밭께로 흘러
간다. 앞장선 허 생원의 이야깃소리는 꽁무니에 선 동이에게는
확적히는 안 들렸으나, 그는 그대로 개운한 제멋에 적적하지는
않았다.

"장선 꼭 이런 날 밤이었네. 객줏집 토방이란 무더워서 잠이 들
어야지. 밤중은 돼서 혼자 일어나 개울가에 목욕하러 나갔지. 봉
평은 지금이나 그제나 마찬가지지. 보이는 곳마다 메밀밭이어서
개울가가 어디 없이 하얀 꽃이야. 돌밭에 벗어도 좋을 것을, 달이
너무나 밝은 까닭에 옷을 벗으러 물방앗간으로 들어가지 않았나.

메밀꽃 필 무렵

이상한 일도 많지. 거기서 난데없는 성 서방네 처녀와 마주쳤단 말이네. 봉평서야 제일 가는 일색이었지……. 팔자에 있었나 부지."

아무렴 하고 응답하면서 말머리를 아끼는 듯이 한참이나 담배를 빨 뿐이었다. 구수한 자줏빛 연기가 밤기운 속에 흘러서는 녹았다.

"날 기다린 것은 아니었으나 그렇다고 달리 기다리는 놈팡이가 있는 것두 아니었네. 처녀는 울고 있단 말야. 짐작은 대고 있었으나 성 서방네는 한창 어려워서 들고날 판인 때였지. 한집안 일이니 딸에겐들 걱정이 없을 리 있겠나? 좋은 데만 있으면 시집도 보내련만 시집은 죽어도 싫다지……. 그러나 처녀란 울 때같이 정을 끄는 때가 있을까. 처음에는 놀라기도 한 눈치였으나, 걱정 있을 때는 누그러지기도 쉬운 듯해서 이럭저럭 이야기가 되었네……. 생각하면 무섭고도 기막힌 밤이었어."

"제천인지로 줄행랑을 놓은 건 그 다음날이렷다."

"다음 장도막에는 벌써 온 집안이 사라진 뒤였네. 장판은 소문에 발끈 뒤집혀 고작해야 술집에 팔려가기가 상수라고 처녀의 뒷공론이 자자들 하단 말이야. 제천 장판을 몇 번이나 뒤졌겠나. 허나 처녀의 꼴은 꿩 궈먹은 자리야. 첫날밤이 마지막 밤이었지. 그때부터 봉평이 마음에 든 것이 반평생을 두고 다니게 되었네. 평생인들 잊을 수 있겠나."

"수 좋았지. 그렇게 신통한 일이란 쉽지 않어. 항용 못난 것 얼

20

어 새끼 낳고, 걱정 늘고, 생각만 해두 진저리 나지……. 그러나 늘그막바지까지 장돌뱅이로 지내기도 힘드는 노릇 아닌가? 난 가을까지만 하구 이 생애와두 하직하려네. 대화쯤에 조그만 전방이나 하나 벌이구 식구들을 부르겠어. 사시장철 뚜벅뚜벅 걷기란 여간이래야지."

메밀꽃 필 무렵

"옛 처녀나 만나면 같이나 살까……. 난 꺼꾸러질 때까지 이 길 걷고 저 달 볼테야."

산길을 벗어나니 큰길로 트였다. 꽁무니의 동이도 앞으로 나서 나귀들은 가로 늘어섰다.

"총각두 젊겠다, 지금이 한창 시절이렷다. 충주집에서는 그만 실수를 해서 그 꼴이 되었으나 설게 생각 말게."

"처 천만에요. 되려 부끄러워요. 계집이란 지금 웬 제격인가요. 자나 깨나 어머니 생각뿐인데요."

허 생원의 이야기로 실심해 한 끝이라 동이의 어조는 한풀 수그러진 것이었다.

"아비 어미란 말에 가슴이 터지는 것도 같았으나 제겐 아버지가 없어요. 피붙이라고는 어머니 하나뿐인걸요."

"돌아가셨나?"

"당초부터 없어요."

"그런 법이 세상에……."

생원과 선달이 야단스럽게 껄껄들 웃으니, 동이는 정색하고 우길 수밖에는 없었다.

"부끄러워서 말하지 않으려 했으나 정말예요. 제천 촌에서 달도 차지 않은 아이를 낳고 어머니는 집을 쫓겨났죠. 우스운 이야기나, 그렇기 때문에 지금까지 아버지 얼굴도 본 적 없고, 있는 고장도 모르고 지내와요."

고개가 앞에 놓인 까닭에 세 사람은 나귀를 내렸다. 둔덕은 험하고 입을 벌리기도 대근하여 이야기는 한동안 끊겼다. 나귀는 건듯하면 미끄러졌다. 허 생원은 숨이 차 몇 번이고 다리를 쉬지 않으면 안 되었다. 고개를 넘을 때마다 나이가 알렸다. 동이 같은 젊은 축이 그지없이 부러웠다. 땀이 등을 한바탕 쭉 씻어내렸다.

고개 너머는 바로 개울이었다. 장마에 흘러 버린 널다리가 아직도 걸리지 않은 채로 있는 까닭에 벗고 건너야 되었다. 고의를 벗어 띠로 등에 얽어매고 반 벌거숭이의 우스꽝스런 꼴로 물 속에 뛰어들었다. 금방 땀을 흘린 뒤였으나 밤 물은 뼈를 찔렀다.

"그래, 대체 기르긴 누가 기르구?"

"어머니는 하는 수 없이 의부를 얻어 가서 술장사를 시작했죠. 술이 고주래서 의부라고 전 망나니예요. 철들어서부터 맞기 시작한 것이 하룬들 편한 날 있었을까. 어머니는 말리다가 채이고 맞고 칼부림을 당하고 하니 집꼴이 무어겠소. 열여덟 살 때 집을 뛰쳐나와서부터 이 짓이죠."

"총각 낫세론 동이 무던하다고 생각했더니, 듣고 보니 딱한 신세로군."

물은 깊어 허리까지 찼다. 속 물살도 어지간히 센 데다가 발에 채이는 돌멩이도 미끄러워 금시에 홀칠 듯하였다. 나귀와 조 선달은 재빨리 거의 건넜으나 동이는 허 생원을 붙드느라고 두 사람은 훨씬 떨어졌다.

"모친의 친정은 원래부터 제천이었던가?"

"웬걸요. 시원스리 말은 안해주나 봉평이라는 것만은 들었죠."

"봉평? 그래, 그 아비 성은 무엇이구?"

"알 수 있나요. 도무지 듣지를 못했으니까."

"그 그렇겠지."

하고 중얼거리며 흐려지는 눈을 까물까물하다가 허 생원은 경망하게도 발을 빗디디었다. 앞으로 고꾸라지기가 바쁘게 몸째 풍덩 빠져 버렸다. 허우적거릴수록 몸을 걷잡을 수 없어 동이가 소리를 치며 가까이 왔을 때에는 벌써 퍽이나 흘렀었다. 옷째 쫄딱 젖으니 물에 젖은 개보다도 참혹한 꼴이었다. 동이는 물 속에서 어른을 해깝게 업을 수 있었다. 젖었다고는 하여도 여윈 몸이라 장정 등에는 오히려 가벼웠다.

"이렇게까지 해서 안됐네. 내 오늘은 정신이 빠진 모양이야."

"염려하실 것 없어요."

"그래, 모친은 아비를 찾지는 않는 눈치지?"

"늘 한 번 만나고 싶다고는 하는데요."

"지금 어디 계신가?"

"의부와도 갈라져 제천에 있죠. 가을에는 봉평에 모셔오려고 생각 중인데요. 이를 물고 벌면 이럭저럭 살아갈 수 있겠죠."

"아무렴, 기특한 생각이야. 가을이랬다?"

동이의 탐탁한 등어리가 뼈에 사무쳐 따뜻하다. 물을 다 건넜을 때에는 도리어 서글픈 생각에 좀더 업혔으면도 하였다.

"진종일 실수만 하니 웬일이요, 생원."

조 선달은 바라보며 기어코 웃음이 터졌다.

"나귀야. 나귀 생각하다 실족을 했어. 말 안했던가? 저 꼴에 제법 새끼를 얻었단 말이지. 읍내 강릉집 피마에게 말일세. 귀를 쫑긋 세우고 달랑달랑 뛰는 것이 나귀새끼같이 귀여운 것이 있을까. 그것 보러 나는 일부러 읍내를 도는 때가 있다네."

"사람을 물에 빠뜨릴 젠 딴은 대단한 나귀새끼군."

허 생원은 젖은 옷을 웬만큼 짜서 입었다. 이가 덜덜 갈리고 가슴이 떨리며 몹시도 추웠으나 마음은 알 수 없이 둥실둥실 가벼웠다.

"주막까지 부지런히들 가세나. 뜰에 불을 피우고 훗훗이 쉬어. 나귀에겐 더운물을 끓여 주고. 내일 대화장 보고는 제천이다."

"생원도 제천으로……?"

"오래간만에 가 보고 싶어. 동행하려나, 동이?"

나귀가 걷기 시작하였을 때, 동이의 채찍은 왼손에 있었다. 오랫동안 아둑시니같이 눈이 어둡던 허 생원도 요번만은 동이의 왼손잡이가 눈에 띄지 않을 수 없었다.

걸음도 해깝고 방울 소리가 밤 벌판에 한층 청청하게 울렸다.

달이 어지간히 기울어졌다.

돼 지

돼 지

옛 성 모롱이 버드나무 까치 둥우리 위에 푸르둥둥한 하늘이 얇게 드리웠다. 토끼 우리에서는 하이얀 양토끼가 고슴도치 모양으로 까칠하게 웅크리고 있다. 능금나무 가지를 간들간들 흔들면서 벌판을 불어오는 바닷바람이, 채 녹지 않은 눈 속에 덮인 종묘장(種苗場) 보리밭에 휩쓸려 도야지 우리에 모질게 부딪힌다.

우리 밖 네 귀의 말뚝 안에 얽어매인 암퇘지는 바람을 맞으면서 유난히 소리를 친다. 말뚝을 싸고 도는 종묘장 씨돈(種豚)은 시뻘건 입에 거품을 뿜으면서 말뚝의 뒤로 돌아 그 위에 덥석 앞다리를 걸었다. 시꺼먼 바위 밑에 눌린 자라 모양인 암퇘지는 날카로운 비명을 올리며 전신을 요동한다. 미끄러진 씨돈은 게걸떡거리며 다시 말뚝을 싸고 돈다. 앞뒤 우리에서 응하는 도야지들 고함에 오후의 종묘장은 떠들썩하다.

반 시간이 넘어도 여의치 않았다. 둘러싸고 보던 사람들도 흥이 식어서 주춤주춤 움직인다. 여러 번째 말뚝 위에 덮쳤을 때에, 육중한 힘에 말뚝이 와싹 무지러지면서 그 바람에 밑에 깔렸던 도야지는 말뚝 테두리를 벗어나 뛰어나갔다.

"어려서 안 되겠군."

종묘장 기수가 껄껄 웃는다.

돼
지

"황소 앞에 암탉 같으니 징그러워서 볼 수 있나."

"겁을 먹고 달아나는데."

농부는 날쌔게 우리 옆을 돌아 뛰어가는 도야지의 앞을 막았다.

"달포 전에 한 번 왔다갔으나 씨가 붙지 않아서 또 끌고 왔는데요."

식이는 겸연쩍어서 얼굴이 붉어졌다.

"아무리 즘생이기로 저렇게 어리구야 씨가 붙을 수 있나."

농부의 말에 식이는 다시 얼굴을 붉혔다.

"빌어먹을 놈의 즘생."

무안도 무안이려니와 귀찮게 구는 짐승에 식이는 화를 버럭 내면서 농부의 부축을 하여 달아나는 도야지의 뒤를 쫓는다. 고무신이 진창에 빠지고 바지춤이 흘러내린다.

도야지의 허리를 맨 바를 붙들었을 때에, 그는 횟김에 바를 뒤로 잡아나꾸며 기운껏 매질한다. 어린 짐승은 바들바들 떨면서 소리를 친다. 농사 일년의 생명선 —— 좀 있으면 나올 제일기분 세금과 첫여름 감자가 나올 때까지의 가족들 양식의 예산 부담을

맡은 이 어린 짐승에 대한 측은한 뉘우침이 나중에는 필연코 나
련마는 종묘장 사람들 앞에서는 무안을 못 이겨 식이의 흔드는
매는 자연 가련한 짐승 위에 잦게 내렸다.

"그만 갖다 매시오."

말뚝을 고쳐 든든히 박고 난 농부는 식이에게 손짓한다. 겁과
불안에 떨며 허둥거리는 짐승을 이번에는 한결 더 든든히 말뚝
안에 우겨 넣고 나뭇대를 가로질러 배까지 떠받쳐 올려 꼼짝 요
동하지 못하게 탐탁하게 얽어매었다.

털몸을 근실근실 부딪치며 그의 곁을 감돌던 씨돈은 미처 식이
의 손이 떨어지기도 전에 화차와도 같이 말뚝 위를 엄습한다. 시
뻘건 입이 욕심에 목메어서 풀무같이 요란히 울린다. 깔리운 암
돈은 목이 찢어져라 날카롭게 고함친다.

둘러선 좌중은 일제히 웃음소리를 멈추고 일시 농담조차 잊은
듯하다. 문득 분이의 자태가 눈앞에 떠오르자 식이는 말뚝에서
시선을 돌려 딴전을 보았다.

'분이 고것, 지금 넌 어데 가 있는구.'

제이기분은커녕 일기분 세금조차 밀려오는 농가의 형편에 도야
지보다 나은 부업이 없었다. 한 마리를 일년 동안 충실히 기르면
세금도 세금이려니와 잔돈 푼의 가용돈쯤은 훌륭히 우려내었다.
이 도야지의 공용을 잘 아는 식이가 푼푼이 모은 돈으로 마을 사
람들의 본을 받아 읍내 종묘장에서 갓난 양도야지 한 자웅을 사
온 것이 지난 여름이었다. 기름이 자르르 흐르는 새까만 자웅을

식이는 사람보다도 더 귀히 여겨 갓 사왔을 무렵에는, 우리 안에 넣기가 아까워 그의 방 한구석에 짚을 펴고 그 위에 재우기까지 하던 것이 젖이 그리워서인지 한 달도 못 돼서 수놈이 죽었다. 나머지의 암놈을 식이는 애지중지하여 단 한 벌의 그의 밥그릇에 물을 받아 먹이기까지 하였다. 물도 먹지 않고 꿀꿀 앓을 때에는 그는 나무하러 가는 것도 그만두고 종일 짐승의 시중을 들었다. 여섯 달을 기르니 겨우 암돼지 티가 났다. 달포 전에 식이는 첫 시험으로 십 리가 넘는 읍내 종묘장까지 끌고 왔었다. 핏돈 오십 전이나 내서 씨를 받은 것이 종시 붙지 않았다. 식이는 화가 났다. 때마침 정을 두고 지내던 이웃집 분이가 어디론지 도망을 갔다. 속이 상해서 며칠 동안 일이 손에 잡히지 않는 것이었다. 늘 뽀로통해서 쌀쌀하게 대꾸하더니, 그 고운 살을 한 번도 허락하지 않고 늙은 아비를 혼자 둔 채 기어코 도망을 가 버렸구나 생각하니 분이가 괘씸하였다. 그러나 속 깊은 박 초시의 일이니 자기 딸 조처에 무슨 꿍꿍이 수작을 대었는지 도무지 모를 노릇이었다. 청진으로 갔느니, 서울로 갔느니, 며칠 전에 박 초시에게 돈 십 원이 왔느니, 소문은 갈피갈피였으나 하나도 종잡을 수 없었다. 이래저래 상할 대로 속이 상했다. 능금꽃 같은 두 볼을 잘강잘강 씹어먹고 싶던 분이인 만큼 식이는 오늘까지 솟아오르는 심화를 억제할 수 없었다.

"다 됐군."

딴전만 보고 섰던 식이는 농부의 목소리에 그 쪽을 보았다. 씨

돼
지

돈은 만족한 듯이 여전히 꿀꿀 짖으면서 그곳을 떠나지 않고 빙 빙 돈다.

파장 후의 광경이언만 분이의 그림자가 눈앞에 어른거리는 식이는 몹시도 겸연쩍었다. 잠자코 섰는 까칠한 암퇘지와 분이의 자태가 서로 얽혀서 그의 머리 속에 추근하게 떠올랐다. 음란한 잡담과 허리 꺾는 웃음소리에 얼굴이 더한층 붉어졌다. 환영을 떨쳐 버리려고 애쓰면서 식이는 얽어매었던 도야지를 풀기 시작하였다. 농부는 여전히 게걸떡거리며 어른어른 싸도는 욕심 많은 씨돈을 몰아 우리 속에 가두었다.

'이번에는 틀림없겠지.'

장부에 이름을 올리고 오십 전을 치러주고 종묘장을 나오니 오후의 해가 느지막하였다. 능금밭 건너편 양옥관사의 지붕이 흐린 석양에 푸르둥둥하게 빛난다. 옛 성 어귀에는 성 안으로 드나드는 장꾼의 그림자가 어른어른한다. 성 안에서 한 채의 버스가 나오더니 폭 넓은 이등 도로를 요란히 달려온다. 도야지를 몰고 길 왼편가로 피한 식이는 퍼뜩 지나가는 버스 안을 살펴본다. 분이를 잃은 후로부터는 달아나는 버스 안까지 조심스럽게 살피게 되었다. 일전에 나남에서 버스 차장 시험이 있었다더니 그런 데로나 뽑혀 들어가지 않았을까? 분이의 간 길을 이렇게도 상상하여 보았기 때문이다.

'장이나 한바퀴 돌아올까.'

북문 어귀 성 밑 돌 틈에 도야지를 매놓고 식이는 성에 들어가

남문거리로 향하였다. 분이가 없는 이제, 장꾼의 눈을 피하여 으슥한 가게 앞에서 겸연쩍은 태도로 매화분을 살 필요도 없어진 식이는 석유 한 병과 마른 명태 몇 마리를 사들고 장판을 오르락내리락하였다. 한동네 사람들의 그림자도 눈에 띄지 않기에 그는 곧게 성밖으로 나와 마을로 향하였다.

어기적거리며 도야지의 걸음이 올 때만큼 재지 못하였다. 그러나 이제 매질할 용기는 없었다.

돼
지

철로를 끼고 올라가 정거장 앞을 지나 오촌포 한길에 나서니 장보고 돌아가는 사람들의 그림자가 드문드문 보인다. 산모퉁이가 바닷바람을 막아 아늑한 저녁빛이 한길 위를 덮었다. 먼산 위에는 전기의 고가선이 솟고 산밑을 물줄기가 돌아내렸다. 온천 가는 넓은 도로가 철로와 나란히 누워서 남쪽으로 줄기차게 뻗쳤다. 저물어가는 강산 속에 아득하게 뻗친 이 두 줄의 길이 새삼스럽게 식이의 마음을 끌었다. 걸어가는 그의 등뒤에서는 산모퉁이를 돌아오는 기차 소리가 아련히 들린다. 별안간 식이에게는 이상한 생각이 들었다.

'이 길로 아무 데로나 달아날까. 장에 가서 도야지를 팔면 노자가 되겠지. 차 타고 노자 자라는 곳까지 달아나면 그곳에 곧 분이가 있지 않을까. 어디서 들었는지 공장에 들어가기가 분이의 소원이더니, 그곳에서 여직공 노릇 하는 분이와 만나 나도 노동자가 되어 같이 살면 오죽 재미있을까. 공장에서 버는 돈을 달마다 고향에 부치면 아버지도 더 고생할 것 없겠지. 도야지를 방에서 기르지 않아도 좋고 세금 못 냈다고 면소 서기들한테 밥솥을 뺏길 염려도 없을 터이지. 농사같이 초라한 업이 세상에 또 있을까. 아무리 부지런히 일해도 못살기는 일반이니……. 분이 있는 곳이 어디인가…… 도야지를 팔면 얼마나 받을까…… 이 도야지, 암퇘지, 양돼지…….'

"앗!"

날카로운 소리에 번쩍 정신이 깨었다. 찬바람이 휙 앞을 스치고 불시에 일신이 딴 세상에 뜬 것 같다. 눈 보이지 않고, 귀 들리지 않고 —— 잠시간 전신이 죽고 감각이 없어졌다. 캄캄하던 눈앞이 차차 밝아지며 거물거물 움직이는 것이 보이고 귀가 뚫리며 요란한 음향이 전신을 쓸어 없앨 듯이 우렁차게 들렸다. 우레 소리가…… 바다 소리가…… 바퀴 소리가…… 별안간 눈앞이 환해지더니 열차의 마지막 바퀴가 쏜살같이 눈앞을 달아났다.

"앗, 기차!"

다 지나간 이제, 식이는 정신이 아찔하며 몸이 부르르 떨린다.

진땀이 나는 대신 소름이 쭉 돋는다. 전신이 불시에 빈 듯이 거뿐하다. 글자대로 전신은 비었다. 한쪽 팔에 들었던 석유병도 명태 마리도 간 곳이 없고, 바른손에 이끌던 도야지도 종적이 없다.

"아, 도야지!"

"도야지구 무어구 미친 놈이지. 어디라구 후미끼리를 막 건너."

따귀를 철썩 맞고 바라보니 철로 망보는 사람이 성난 얼굴로 그를 노리고 섰다.

"도야지는?"

"어젯밤 꿈 잘 꾸었지. 네 몸 안 치인 것이 다행이다."

"아니, 그럼 도야지가 치었단 말요?"

"다음부터 차에 주의해!"

독하게 쏘아붙이면서 철로 망꾼은 식이의 팔을 잡아나꿔 후미끼리 밖으로 끌어냈다.

"아, 도야지가 치었다니, 두 번이나 종묘장에 가서 씨받은 내 도야지, 암퇘지, 양퇘지……."

돼
지

엉겁결에 외치면서 훑어보았으나 피 한 방울 찾아볼 수 없다. 흔적조차 없다니 —— 기차가 달랑 들고 간 것 같아서 아득한 철로 위를 바라보았으나 기차는 벌써 그림자조차 없다.

'한방에서 잠재우고, 한 그릇의 물 먹여서 기른 도야지, 불쌍한 도야지…….'

정신이 아찔하고 일신이 허전하여서 식이는 금시에 그 자리에 푹 쓰러질 것도 같았다.

낙엽기(落葉記)

낙엽기(落葉記)

창기슭에 붉게 물든 담쟁이 잎새와 푸른 하늘 —— 가을의 가장 아름다운 이 한 폭도 비늘구름같이 자취없이 사라져 버렸다.

가장 먼저 가을을 자랑하던 창 밖의 한 포기의 벗나무는 또한 가장 먼저 가을을 내버리고 앙클한 회초리만을 남겼다. 아름다운 것이 다 지나가 버린 —— 늦가을은 추잡하고 한산하기 짝없다.

담장으로 폭 씌워졌던 집도, 초목으로 가득 덮였던 뜰도, 모르는 결에 참혹하게도 옷을 벗기워 버리고 앙상한 해골만을 드러내 놓게 되었다. 아름다운 꿈의 채색을 여지없이 잃어버렸다.

벽에는 시들어 버린 덩굴이 거미줄같이 얼기설기 얽혔고, 마른 머루송이 같은 열매가 함빡 맺혔을 뿐이다. 흙 한 줌 찾아볼 수 없이 푸르던 뜰에서는 지금에는 푸른빛을 찾을 수 없게 되었다.

나는 거의 날마다 뜰의 낙엽을 긁어야 된다. 아무리 공들여 긁어모아도 다음날에는 새 낙엽이 다시 질벗이 늘어져 거듭 갈퀴를 들지 않으면 안 된다. 낙엽이란 세상의 인총같이도 흔한 것이다. 밑빠진 독에 물을 긷듯 며칠이든지 헛노릇으로 여기면서도 공들여 긁어 모은다. 벚나무 아래 수북이 쌓아 놓고 불을 붙이면 속으로부터 푸슥푸슥 타면서 푸른 연기가 모로 길게 솟아오른다. 연기는 바람이 없는 뜰에 아늑히 차서 울같이 괸다. 낙엽 연기에는 진한 커피의 향기가 있다. 잘 익은 깨금의 맛이 있다. 나는 그 귀한 연기를 마음껏 마신다. 욱신한 향기가 몸의 구석구석에 배어서 깊은 산속에 들어갔을 때와도 같은 풍준한 만족을 느낀다. 낙엽의 향기는 시절의 진미요, 가을의 마지막 선물이다.

화단의 뒷자리를 깊게 파고 타 버린 낙엽의 재를 묻어 버림으로써 가을은 완전히 끝난 듯 싶다. 뜰에는 벌써 회초리만의 나무들이 섰고, 엉성궂은 포도시렁이 남았고, 담쟁이덩굴이 서리었고, 국화포기의 글거리가 솟았고, 잡초의 시들어 버린 양이 있을 뿐이니 말이다. 잎새에 가리웠던 둥근 유리창이 달덩이같이 드러나고, 현관 앞에 조약돌이 지저분하게 흩어졌으니 말이다.

낙엽을 장사 지내고 가을을 보내니 별안간 생활이 없어진 것도 같고 새 생활이 와야 할 것도 같은 느낌이 생겼다. 적어도 꿈이 가고 생활의 때가 온 듯하다. 나는 꿈을 대신할 생활의 풍만을 위하여 생각하고 설계하여야 한다. 가령 나는 아내를 대신하여 거의 사흘돌이로 목욕물을 데우게 되었다. 손수 수도에 호스를 대서 물을 가득 길어 붓고는 아궁이에 불을 넣는다.

음산한 바람으로 아궁이 몹시 낸다. 나는 그 연기를 괴로이 여기지 않는다. 눈물을 흘릴 지경이요, 숨이 막히면서도 연기의 웅덩이 속에서 정성껏 나무를 지피고 불을 쑤시고, 목욕간의 창을 열어 연기를 뽑고, 여러 차례나 물을 저어 온도를 맞추고 하면서 그 쓸데없는 행동 —— 적어도 책상에 맞붙어 책을 읽고 글줄을 쓰는 것보다는 비생산적이요 소비적이라고 늘 생각하여 오던 그 행동을 도리어 귀히 여기게 되고, 나날의 생활을 꾸며나가는 그런 행동이야말로 가장 생산적이요 창조적인 것이라고까지 생각하게 되었다.

정리되지 못한 가달가달의 생각을 머리 속에 잡아넣고 살을 깎을 정도로 애쓰고 궁싯거리면서 생활 일에 단 한 시간 허비하기조차 아깝게 여기고 싫어하던 것이 생활에 관한 그런 사소한 잡일을 도리어 귀중히 알게 된 것은 도시 시절의 탓일까.

어두운 아궁이 속에서 새빨갛게 타는 불을 보고 목욕통에서 무럭무럭 오르는 김을 바라보며 나는 이것이 생활이다, 이것이 책보다도 원고보다도 더 귀한 일이다, 이것을 귀히 여김이 반드시 필부의 옹졸한 짓은 아닐 것이며 생활을 업신여기는 곳에 필부이상으로 뛰어날 아무 이유도 없는 것이다 —— 하고 두서없는 긴 생각에 잠겨도 본다.

이윽고 더운물 속에 몸을 잠그고 창으로 날아 들어와 물위에 뜬 마지막 낙엽을 두 손으로 건져내고 안개같이 깊은 무더운 김 속에 몸과 마음을 푸근히 녹일 때 이 생각은 더욱 절실히 육체 속에 사무쳐 든다.

거리의 백화점에 들어가 그 자리에서 커피를 갈아서 손가방 속에 넣고 그 욱신한 향기를 즐기면서 집으로 돌아오는 것도 물론 이러한 생각으로부터이다. 진한 차를 탁자 위에 놓고 피어오르는 김을 바라보며, 나는 그 넓은 냉방에다 난로를 피우고 침대 속에는 더운 물통을 넣고 한겨울 동안을 지내게 할까 어쩔까, 그리고 겨울에는 뒷산을 이용하여 스키를 시작하여 볼까 어쩔까 하고 겨울 설계를 세워도 본다. 크리스마스에는 올해도 또 크리스마스 트리를 세우기를 아내와 의논한다.

시절이 여위어갈수록, 꿈이 멀어갈수록, 생활의 의욕이 두터워짐일까. 생활, 생활. 초목 없는, 푸른빛 없어진, 멀숭하게 된 집 속에서 나는 하루의 전부를 생활의 생각으로 지내게 되었다. 시절에 대한 반감에서 나온 것일까. 심술궂은 결머리에서 나온 것일까.

푸른 시절은 일종의 신비였다. 푸른 초목에 싸인 푸른 집 속에서 머리 속에 떠오른 제목은 반드시 생활이 아니었다. 그날그날은 토막토막의 흐트러진 생활의 조각이 아니요 물같이 흐른 꿈결이었다.

푸른 널을 비스듬히 달고, 가는 모기둥으로 괸 갸우뚱한 현관 차양에도 담쟁이가 함빡 피어올라, 이른 아침이면 넓은 잎에 맺힌 흔한 이슬방울이 서리서리 모여 아랫잎 위로 뚝뚝 떨어지는 소리를 듣기란 산골짜기 물소리를 듣는 것과도 같아서 금시에 시

나뭇잎기 (落葉記)

원한 산의 영기를 느끼게 되었다. 머루·다래의 덩굴 대신에 드
레드레 열매 맺힌 포도덩굴이 있고, 바람에 포르르르 나부끼는
사시나무 대신에는 비슷한 잎새를 가진 대추나무가 있다. 뜰은
그림자 깊은 지름길만을 남겨놓고는 흙 한 줌 보이지 않게 일면
화초로 덮이었다. 장미·글라디올러스·해바라기·촉규화·맨드
라미·반금초·금잔화·제비초·만수국·플록스·달리아·봉선
화·양귀비·채송화의 꽃밭이 소나무·벚나무·버드나무·회양
목·앵두나무·대추나무·능금나무·배나무의 모든 나무와 어울
려 뜰은 채색과 광채와 그림자의 화려한 동산이었다.

유리창에까지 나무 그림자가 깊고 방안에까지 지천으로 푸른빛
이 흘러들었다. 화단에는 나무와 벌이 날아들고 풀숲에는 가을벌
레들이 일찍부터 울기 시작하였다. 나뭇가지에는 새들이 몰려오
고 집에는 진귀한 손님이 왔다. 아름다운 것은 진실로 비늘구름
과 같이도 쉽게 지나가 버렸다. 나뭇잎이 가고 푸른빛이 없어지
고 그늘이 꺼져 버렸다. 지금에는 벌써 벌레 울지 않고 나비 날지
않고 헐벗은 나뭇가지에는 새들도 드물게 앉게 되었다. 지난 시
절의 기억이 머리 속에 아리숭하게 멀어졌다. 꿈이 지나고 생활
의 때가 왔다. 손수 목욕물을 끓이고 차를 마시게 되었다.

그러나 나머지의 향기라는 것이 있다. 파도의 물결이 길게 주름
잡혀 가듯이, 꺼진 음악의 멜로디가 오래도록 귀에 울려오듯이
푸른 집과 푸른 뜰의 향기가 아련하게 남아서 흘러온다. 훤칠하

고 쓸쓸한 뜰에서 한 떨기의 푸른 것을 발견한 것을 나는 더없이 신기하고 아름답게 여겼다. 꿈의 찌꺼기이므로 꿈보다 한결 더 귀하게 여겨짐인지도 모른다. 화단 한구석에 남은 푸른 클로버의 한 줌을 말함이 아니요, 현관 양편 기둥에 의지하여 창기슭으로 피어올라간 두 포기의 줄기장미를 나는 의미한다. 단 줄의 장미 였던 것이 어느 결에 자랐는지 낙지다리같이 가달가달 솟아올라 제법 풍성한 한 포기를 이루었다. 민출한 푸른 줄기에 마디마디 조그만 생생한 잎새를 달고 추위와 서리에도 상하는 법 없이 장하게 뻗어 올랐다. 신선한 야채에서 오는 식욕을 느끼어 잘강잘강 먹고 싶은 충동을 금할 수 없다. 창기슭으로 올라가 창에 어린 맑은 잎새와 줄기, 푸르면서도 붉은 기운을 약간 띤 줄기와 가시. 붉은 가시의 생각이 문득 나에게 한 폭의 환상을 일으킨다……. 깊은 여름 밤, 열어젖힌 창으로 나의 방에 들어오다 장미 줄기에 걸리고 가시에 찔려 하이얀 팔과 다리에 붉은 피를 흘리는 낯 모르는 임의의 소녀 —— 가시와 소녀와 피 —— 이것은 한 폭의 아픈 환영일는지 모른다. 가시와 소녀와 피!

나 열 기 (落葉記)

　그러나 꿈 아닌, 환영 아닌 피의 기억이 있다. 장미의 붉은 줄기와 가시에서 나는 문득 지난 기억을 선명하게 풀어낼 수 있다. 나머지 꿈의 아픈 물결이다. 무르녹은 여름의 하룻날 아침 일찍이 가족들과 함께 집을 나와 뒷산으로 소풍을 떠났다. 여름은 짙고 송림 속은 그윽하였다. 드뭇한 소풍객들 속에 섞여 그림자 깊은 길을 걸으면서 동물원에를 들어갈까, 강에 나가 배를 타고 하루를 보낼까 생각하다 결국 동물원에 들어가기로 하였다. 짐승들의 표정 없는 얼굴을 보고 잠시 동안이라도 근심을 잊어보자는 생각이었다. 그러나 이 비위 좋은 생각은 여지없이 짓밟히고야 말았다.

동물원이라고는 하여도 이름만의 것이지 운동장과 꽃밭 한구석에 덧붙이기로 우리 몇 칸이 있을 뿐이다. 물새들의 못이 있고 원숭이와 독수리와 곰의 우리가 있을 뿐이다. 비극은 곰의 우리에서 왔다.

드문 사람 속에는 휘적휘적 우리와 우리 사이를 돌아치는 요정의 머슴 비슷한 한 사람의 젊은이가 있었다. 큰 눈이 둥글둥글 굴고 입이 반쯤 열린, 맺힌 데 없는 허술한 사나이는 번번이 일행의 앞을 서서 우리 안의 짐승을 희롱하곤 하였다. 제 흥도 제 흥이려니와, 그 어디인지 그런 철없는 거동을 우리들에게 보이고자 하는 듯한 허물없고 어리석고 주책없는 생각이 숨어 있음이 눈치에 보였다. 원숭이를 희롱할 때에도, 새들을 들여다볼 때에도, 너무도 지나쳐 납신거리는 것을 우리는 민망히 여기는 끝에 나중에는 불쾌히까지 생각하게 되었다.

불쾌한 감정은 곰의 우리 앞에 이르렀을 때 극도에 달하였다. 철망 사이로 손을 널름널름 들여보내면 검은 곰은 육중한 몸을 끌고 와서 앞발을 덥석 들었다. 희롱이 잦을수록 곰은 흥분하여 나중에는 일종의 분에 타오르는 듯한 험상스런 가세를 보였다. 고개를 끄덕이며 우리 안을 대중없이 왔다갔다 하면서 기회를 노리는 눈치였다. 몇 번째인가 사나이의 손이 다시 철망 사이에 들어갔을 때 짐승은 기어이 민첩하게 왈칵 달려들어 앞발로 손을 잡고, 잡자마자 입에 대었다.

사나이는 문득 꿈틀하며 소리를 치고 손을 빼려 애썼으나 좀체 빠지지 않았다. 겨우 잡아낚았을 때에는 무서웠다. 손가락 끝이 보기에도 무섭게 바른 형상을 잃어버렸었다. 손톱이 빠지고 끝이 새빨갛게 으끄러졌다. 사나이는 금시에 얼굴이 파랗게 질리고 두 눈이 휘둥그레지며 넋잃은 사람같이 한참 동안이나 멍청하게 섰다가 비로소 피 흐르는 손을 쥐고 어쩔 줄 모르고 쩔쩔 헤매었다.

민망한 생각도, 불쾌한 느낌도 잊어버리고 우리는 순간 무서운 구렁 속에 휩쓸려 들어갔다. 신경을 퉁기는 짜릿한 느낌이 전신에 흘렀다. 살이 부르르르 떨렸는지도 모른다. 끔찍한 꼴을 더 보기도 싫어서 주저하고 있는 동안에 사나이는 사람 숲에 쓸려 문을 나가 나무 그늘 아래서 쩔쩔매고 섰는 것이었다.

이윽고 나가 보았을 때에는 근처 집에서 얻어온 석유에 손가락을 잠갔다가 반석 위에 내놓고 피 흐르는 손가락을 돌멩이로 찧는 것이다. 말할 수 없이 미련한 그 거동이 도리어 화가 버럭 날 지경으로 측은하였다. 그러나 생각하면 그의 그 어리석고 철없는 행동이 우리들의 눈을 위한 것임을 생각하면 얼마간의 허물이 우리편에 있듯이 짐작되어 마음이 더한층 아파졌다. 될 수 있는 대로의 것을 그에게 베풀어야 할 것을 느끼고 나는 속히 집으로 데려가서 응급의 소독을 해줄까 느끼다가 그보다도 더 떳떳한 방법

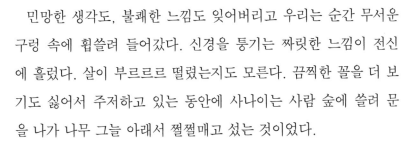

나 엽 기 (落葉記)

43

을 생각하고 급스러운 어조로 소리를 쳤다.

"얼른 병원으로 뛰어가시오."

소리만 치고 쩔쩔매기만 하는 나보다는 훨씬 침착한 구원자가 있음을 알았다. 아내였다. 그는 지니고 있던 새 손수건을 내서 붕대삼아 사나이의 피 흐르는 손을 감기 시작하였다. 사나이는 천치 같은 표정에 손을 넌지시 맡기고 있었다. 나는 오래간만에 아내의 날렵한 자태에 접하여 아름다운 생각을 금할 수 없었다. 지나친 감상이었을까.

병원을 뛰어주기는 하였으나 사나이에게 그만한 능력이 있을 수 없음을 깨닫고 주머니 속을 뒤지다가 나는 또한 그날 지갑을 잊은 것을 알았다. 집에까지 가서 비용을 가지고 그를 병원에까지 인도하려고 생각할 때에 이번에도 또 아내가 진실한 구원자가 되고 말았다. 지갑 속에서 손쉽게 은화 한 닢을 집어내어 사나이의 손에 쥐어주는 것이었다. 나는 다만 물끄러미 그의 자태를 바라볼 뿐이었다. 한 사람의 모르는 사나이를 구원함에 공연한 마음의 주저뿐이었고 결국은 두 번 다 앞을 가로채이고 길을 빼앗긴 것을 생각하고 겸연쩍은 마음을 금할 수 없었다. 이제 나에게는 마지막의 한 가지 봉사만이 남았을 뿐이었다. 그 천치 같은 사나이를 근처 병원으로 인도함이었다. 나는 병원을 가리켜주는 길로 아울러 집에 들러 지갑을 가지고 반날의 뱃놀이를 떠나기를 계획하며 아이들을 송림 속에 남겨둔 채 사나이를 이끌고 길을 걸어 내려갔다. 아름다운 장면이 머리 속에 쉽사리 꺼지지 않았다. 흰 수건과 붉은 피가 아름다운 한 폭을 이루었다. 피와 수건의 붉은 것과 흰 것의 조화가 맑고 진하게 오래도록 마음속에 물결치게 되었다.

수풀 속을 거닐 때마다 기억이 새로워지고, 반석 위의 피 흔적을 살필 때마다 지난 때의 광경이 불같이 마음속에 살아났다. 근처 집에서 사나이의 그 뒷소식을 물어 무사하다는 것을 듣고 일종의 알 수 없는 안심조차 느꼈다. 시절이 갈려 가을이 짙고 수풀속에 낙엽이 산란하게 날릴 때 오히려 기억은 더 새로웠다.

가을이 다 지난 흙빛만의 뜰에서 잠깐 잊었던 피의 기억을 장미의 붉은 가시로 말미암아 다시 추억해 낸 것이다. 마음을 빛나게 하는 생생한 추억은 늦게까지 남아 있는 장미포기와 함께 늦가을의 귀한 마지막 선물이다.

푸른 집 속에 남은 철늦은 꿈의 물결이다.

어린것을 데리고 목욕물 속에 잠기는 것도 한 기쁨이 되었다.

크리스마스 트리에 오색 전기를 장식하고 많은 선물을 달아맬것도 한 즐거운 기대다.

책상 위에는 그림책을 펴놓고 허물없는 꿈에도 잠길 수 있는 것이다.

가난한 재료로 될 수 있는 대로의 풍성한 꿈이 이 시절에 맡겨진 과제이다. 생활의 재주이다. 낙엽의 암시이다.

장미(薔薇) 병들다

장미(薔薇) 병들다

　싸움이라는 것을 허다하게 보았으나 그렇게도 짧고 어처구니없고 —— 그러면서도 싸움의 진리를 여실하게 드러낸 것은 드물었다. 받고 차고 찢고 고함치고 욕하고 발악하다가 나중에는 피차에 지쳐서 쓰러져 버리는 —— 그런 싸움이 아니라 맞고 넘어지고 항복하고 —— 그뿐이었다. 처음도 뒤도 없이 깨끗하고 선명하여 마치 긴 이야기의 앞뒤를 잘라 버린 필름의 몇 토막과도 같이 신선한 인상을 주는 것이었다. 그 신선한 인상이 마침 영화관을 나와 그 길을 지나던 현보와 남죽 두 사람의 발을 문득 머무르게 하였는지도 모른다. 그러나 두 사람이 사람들 속에 한몫 끼여 섰을 때에는 싸움은 벌써 끝물이었다.

　영화관·음식점·카페·매약점 등이 어수선하게 즐비하여 있는 뒷거리 저녁때, 바로 주렴을 드리운 식당 문앞이었다.

그 식당의 쿡으로 보이는 흰 옷에 흰 주발모자를 얹은 두 사람의 싸움이었으나 한 사람은 육중한 장골이요, 한 사람은 까무잡잡한 약질이어서, 하기는 그 체질에 벌써 승패가 달렸던지도 모른다. 대체 무엇이 싸움의 원인이며 원한의 근거였는지는 모르나 하루아침에 문득 생긴 분김이 아니요, 오래 두고 엉겼던 불만의 화풀이임은 두 사람의 태도로써 족히 추측할 수 있었다. 말로 겨루다 못해 마지막 수단으로 주먹다짐에 맡기게 된 것임은 부락스런 두 사람의 주먹살에 나타났으니, 약질의 살기를 띤 암팡진 공격에 한 번 주춤하였던 장골은 갑절의 힘을 주먹에 다져쥐고 그의 면상을 오돌지게 욱박았다.

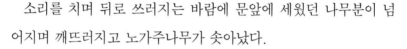

소리를 치며 뒤로 쓰러지는 바람에 문앞에 세웠던 나무분이 넘어지며 깨뜨러지고 노가주나무가 솟아났다.

면상을 손으로 가리어 쥐고 비슬비슬 일어서서 달려들려 할 때, 장골의 두 번째 주먹에 다시 무르게도 넘어지고 말았다. 땅 위에 문질러져서 얼굴은 두어 군데 검붉게 피가 배고 두 줄기의 코피가 실오리 같은 가느다란 줄을 그으면서 흘렀다. 단번에 혼몽하게 지쳐서 축 늘어졌음에도 불구하고 약질은 간신히 몸을 세우고 다시 한번 개신개신 일어서서 장골에게 몸을 던지다가 장골이 날쌔게 몸을 피하는 바람에 걸어 보지도 못한 채 또 나가쓰러지고 말았다.

한참이나 죽은 듯이 고요한 속에서 코만 흑흑 울리더니 마른 땅에는 금시에 피가 흘러 넓게 퍼지기 시작하였다.

"졌다!"

짧게 한마디……. 그러나 분한 듯이 외쳤으니 그것으로 싸움은 끝난 셈이었다.

"항복이냐?"

장골은 능설도 하지 않고 마치 그 벅찬 힘과 마음에 티끌만큼의 영향도 받지 않은 듯이 유들유들하게 적수를 내려다보았다.

"힘이 부쳐 그렇지, 그리 쉽게 항복이야 하겠나?"

"뼈다귀에 힘 좀 맺히거든 다시 덤비렴."

"아무렴! 그때까지 네 목숨 하나 살려 둔다."

의젓하고 유유하게 대꾸하면서 약질의 피투성이의 얼굴을 넌지시 쳐들었을 때 현보는 그 끔찍한 꼴에 소름이 끼쳐서 모르는 결에 남죽의 소매를 끌었다. 남죽도 현장에서 얼굴을 피하며 재촉을 기다릴 겨를 없이 급히 발을 돌렸다.

한참 동안 말이 없었다. 우연히 목도하게 된 그 돌연한 장면에서 받은 감격이 너무도 컸다.

강하고 약하고, 이기고 지고 —— 이 두 길뿐. 지극히 간단하다. 강약이 부동으로 억센 장골 앞에서는 약질은 욕을 보고 그 자리에 폭싹 쓰러져 버리는 그 일장의 싸움 속에서 우연히 시대를 들여다본 듯하여서 너무도 짙은 암시에 현보는 마음이 얼떨떨하였다. 흡사 약질같이 자기도 호되게 얻어 맞고 피를 흘리며 쓰러져 있는 듯도 한 실감이 전신을 저리게 흘렀다.

"영화의 한 토막같이 아름답지 않아요? 슬프지 않아요?"

역시 그 장면에서 받은 감동을 말하는 남죽의 눈에는 눈물이 어리어 보였다. 아름답다는 것은 패한 편을 동정함일까? 아름다운 까닭에 슬프고, 슬프리만큼 아름다운 것 —— 눈물까지 흘리게 하는 것은 별수 없이 그가 누구나가 처하여 있는 현대의 의식에서 온 것임을 생각하면서 현보는 남죽을 뒤세우고 거릿목 찻집 문을 밀었다.

차를 청해 마실 때까지도 현보와 남죽은 그 싸움의 감동이 좀체 사라지지 않아서 피차에 별로 말도 없었다. 불쾌하다느니보다는 슬픈 인상이었다.

슬픔으로 인하여 아름다운 것이었음을 남죽과 같이 현보도 느끼게 되었다. 그렇게까지 신경을 민첩하게 일으켜 세우게 된 것은 금방 보고 나온 영화 때문이었는지도 모른다. 영화관에는 마침 〈목격자〉가 걸려 있어서 우연히 보게 된 그 아름다운 한 편이 장면 장면 남죽을 울렸다.

전체로 슬픈 이야기였으나 가련한 주인공의 운명과 애잔한 여주인공의 자태가 한층 마음을 찔렀다. 억울한 혐의로 아버지를 여읜 어린 자식을 데리고 늙은 어머니가 어둡고 처량한 저녁에 무덤 쪽을 바라보는 장면과, 흐린 저녁때의 빈민가(貧民街) 다리 아래 장면은 금시에 눈물을 솟게 하였다.

다리 아래 장면에서는 거지의 자동 풍금 소리에 집집에서 뛰어 나온 가난한 빈민들이 그 슬픈 음악에 맞추어 춤을 추기 시작하였다. 요란한 소리를 듣고 순경이 달려와서 춤을 금하고 사람들을 헤칠 때, 억울한 혐의로 아버지를 재판한 늙은 검사는 양심에 가책을 조금이라도 덜려고 가난한 사람들을 위해 항의를 하나 용납되지 못하고 사람들은 하는 수 없이 비슬비슬 그 자리를 헤어진다. 그 웅성거리는 측은한 꼴들이 실감을 가지고 가슴을 죄었다. 어두운 속에서 남죽은 흐르는 눈물을 손수건으로 몇 번이고 훔쳐냈다. 눈물로 부덕부덕한 얼굴을 가지고 거리에 나오자 당면하게 된 것이 싸움의 장면이었다. 여러 가지의 감동이 한데 합쳐서 새 눈물을 자아내게 한 것이다.

하기는 남죽들의 현재의 형편, 그것이 벌써 눈물 이상의 것이기는 하다. 두 주일 이상을 겪고 가주 나온 것이 불과 며칠 전이었다. 남죽은 현재 초라한 꼴, 빈 주머니에 고향에 돌아갈 능력도 없고, 그렇다고 다른 도리도 없이 진퇴유곡의 처지에 있는 셈이었다. 〈목격자〉 속의 주인공들보다 조금도 나을 것이 없었다. 현보와 막연히 하루를 지우려 영화구경을 나선 것도 또렷한 지향없는 닥치는 대로의 길, 그 자리의 뜻이었다. 온전히 그날그날의 떠도는 부평초요, 키 잃은 배요, 목표 없는 생활이었다.

극단 문화좌가 설립되자마자 와해된 것이 두 주일 전이었다. 지방공연이라는 점에 중점을 두려고 일부러 서울을 떠나 지방의 도회로 내려와 기폭을 든 것이었으나 그것이 도리어 화되어 엄격한 수준에 걸린 것이었다.

인원을 짜고 각본을 선택하고 모든 준비를 마친 후 첫째 공연을 내려왔던 것이 그닷한 이유없이 의외에도 거슬리는 바 되어 한꺼번에 몰아가 버렸다. 거듭 돌아보아야 그럴 만한 원인은 없었고 다만 첩첩한 시대의 구름의 탓임이 짐작될 뿐이었다.

각본을 맡은 현보는 고향이 바로 그곳인 탓으로인지 의외에도 속히 놓이게 되고 뒤를 이어 남죽 또한 수월하게 풀리게 되었으나 나머지 인원들은 자본을 댄 민삼, 연출을 맡은 인수, 배우인 학준, 그 외 몇몇은 아직도 날이 먼 듯하였다.

먼저 나오기는 하였으나 현보와 남죽은 남은 동무들을 생각하고, 또 한 가지 자신들의 신세를 돌아보고 우울하기 짝이 없었다.

하는 노릇 없이 허구한 날 거리를 헤매는 수밖에 없던 현보와, 역시 별 목표 없이 유행가수를 지원해 보았다, 배우로 돌아서 보았다 하던 남죽에게 극단의 설립은 한 희망이요 자극이어서 별안간 보람있는 길을 찾은 듯도 하여 마음이 뛰고 흥이 나던 것이, 의외의 타격에 기를 꺾이우고 나니 도로 제자리에 주저앉은 셈이었다.

파랗게 우러러보이던 하늘이 조각조각 부서져 버리고 다시 어두운 구렁텅이로 밀려 빠진 격이었다.

현보의 창작 각본 〈헐어진 무대〉와 오닐의 번역극 〈고래〉의 한 막이 상연 예정이어서 남죽은 그 두 각본의 여주인공의 구실을 자기의 비위에 맞는 것으로 그지없이 자랑하였다. 예술적 흥분 외에 또 한 가지의 기쁨은 그런 줄 모르고 내려왔던 길에 구면인 현보를 칠 년 만에 뜻밖에 다시 만나게 된 것이었다. 이 기우는 현보에게도 물론 큰 놀람이자 기쁨이었다.

극단의 주목을 보게 된 민삼이 서울서 적어 내려보낸 인원의 열

명 속에 여배우 혜련의 이름을 발견하고, 현보는 자기 작품의 주연을 맡은 그 여배우가 대체 어떤 인물일꼬 하고 호기심이 일어났을 뿐 무심히 덮어두었던 것이 막상 일행이 내려와 처음으로 상면하게 되었을 때 그가 바로 남죽임을 알고 어지간히 놀랐던 것이다.

혜련은 여배우로서의 예명(藝名)이었다. 칠 년 전에 알고는 그후 까딱 소식을 몰랐던 남죽을 그런 경우 그런 꼴로 우연히 만나게 될 줄이야 피차에 짐작도 못하였던 것이다.

지난날을 돌아보면서 그날 밤 둘은 끝없는 이야기와 추억에 잠겼다. 서울서 학교에 다닐 때 우연히 세죽 · 남죽 자매를 알게 된 것은 그들이 경영하여 가는 책점 대중원에 출입하게 된 때부터였다. 대중원은 세죽이 단독 경영하여 가는 것이었고, 남죽은 당시 여학교에서 공부하는 몸으로 형의 가게에 기식하고 있는 셈이었다. 세죽의 남편이 사건으로 들어가기 전에 뒷일을 예료하고 가족들의 호구지책으로 미리 벌인 것이 소규모의 책점 대중원이었다. 남편의 놓일 날을 몇 해고 간에 기다려 가면서 세죽은 적막한 홀몸으로 가게를 알뜰히 보면서 어린것과 동생 남죽의 시중을 지성껏 들어왔다.

남죽은 어린 나이에도 철이 들어서 가게에 벌여 놓은 진보적 서적을 모조리 읽은 나머지 마지막 학년 때에는 오돌지게도 학교에 일어난 사건을 지도하다가 실패한 끝에 쫓겨나고 말았다. 학업을 이루지 못한 채 고향에 내려갈 수도 없어 그 후로는 별수 없이 가게 일을 도울 뿐, 건둥건둥 날을 지우는 수밖에는 없었다.

소설을 닥치는 대로 읽어대고, 아름다운 목청을 놓아 노래를 불러대곤 하였다. 목소리를 닦아서 나중에 음악가가 되어볼까도 생각하고, 얼굴의 윤곽이 어글어글한 것을 자랑삼아 영화배우로 나갈까도 꿈꾸었다. 그 시기의 그를 꾸준히 관찰할 수 있는 기회를 가졌던 현보는 그 남다른 환경에서 자라가는 늠출한 처녀의 자태속에 물론 시대적 정열과 생장도 보았으나 더 많이 아름다운 감상과 애끓는 꿈을 엿보았던 것이다.

다발한 머리를 부수수 해뜨리고 밋밋하고 건강한 육체로 고운 멜로디를 읊조릴 때에는 그의 몸 그대로가 구석구석에 아름다운 꿈을 함빡 머금은 흐뭇한 꽃이었다. 건강한, 그러나 상하기 쉬운 한 송이의 꽃이었다.

참으로 아담한 꽃을 보는 심사로 남죽을 보아 왔다.

그러나 현보가 학교를 마치고 서울을 떠날 때가 그들과의 접촉의 마지막이었으니 동경에 건너가 몇 해를 군 뒤 고향에 나와 일없이 지내게 된 전후 며칠 동안 다만 책점 대중원이 없어졌다는 소문을 풍편에 들었을 뿐이지, 그 뒤 그들이 고향인 관북으로 내려갔는지 어쨌는지, 남죽과 세죽의 소식은 생각해 보지도 못했고, 미처 생각에 떠오르지도 않았다.

그만한 여유조차 없는 것은 다른 사람의 생각은커녕 자신의 생활이 눈앞에 가로막히게 되었고, 무엇보다도 현대인으로서의 자기 개인에 대한 생각이 줄을 찾기 어렵게 갈피갈피로 찢어졌다

갈라졌다 하여 뒤섞이는 까닭이었다. 칠 년 후에 우연히 만나고 보니 시대의 파도에 농락되어 꿈은 조각조각 사라지고 피차에 그 꼴이었다. 하기는 그나마 무대배우로 나타난 남죽의 자태에 옛 꿈의 한 조각이 아직도 간당간당 달려 있는 셈인지도 모르나 아담하던 꽃은 벌써 좀먹기 시작한, 그 어딘지 휘줄그러진 한 송이임을 현보는 또렷이 느꼈다.

시간을 보고 찻집을 나와 현보는 남죽을 데리고 큰 거리 백화점으로 향하였다. 준구와 만나자는 약속이었다. 가난한 교사를 졸라댐은 마치 벼룩의 피를 긁어내려는 격이었으나, 그러나 현보로서는 가장 가까운 동무이므로 준구에게 터놓고 남죽의 여비의 주선을 비추어둔 것이었다.

남죽에게는 지금 살까 죽을까가 문제가 아니라 〈목격자〉 속의 빈민들에게 거리의 음악이 필요하듯이 고향으로 내려갈 여비가 필요하였다. 꿈의 마지막 조각까지 부서져 버린 이제 별수 없이 고향으로 내려가 몸도 쉬고 마음도 가다듬는 수밖에는 없었다. 고향은 넓은 수성평야의 한가운데여서 거기에는 형 세죽이 밭을 가꾸고 염소를 기르고 있다는 것이었다.

남편이 한 번 놓였다 재차 들어가게 된 후 세죽은 이번에는 고향에다 편편하게 자리를 잡고 서점 대신에 평야의 한복판에서 염소를 기르게 되었다는 것이다. 도회에 지친 남죽에게는 지금 무엇보다도 염소의 젖이 그리웠다. 염소의 젖을 벌떡벌떡 마시고

기운차게 소생됨이 한 가지의 원이었다.

몇 십 원의 노자쯤을 동무에게까지 빌기가 현보로서는 보람없는 노릇이었으나 늘 메말라서 누런 '현대의 악마'와는 인연이 먼 그로서는 하는 수 없는 것이었다. 찻집이라도 경영해 볼까 하다가 아버지에게 호통을 들은 후부터는 돈을 타쓰기도 불쾌하여서 주머니에는 차 한 잔 값조차 떨어질 때가 있었다.

누구나 다 말하기를 꺼려하고 적어도 초연한 듯이 보이려고 하는 '돈'의 명제가 요새 와서는 말하기 부끄러우리만큼 자나 깨나 현보의 머리를 차지하게 되었다. 그 '악마'에 대한 절실한 인식은 일종의 용기를 낳아서 부끄러울 것 없이 준구에게 여비 일건을 부탁하고 남죽에게는 고향 언니에게도 간청의 편지를 내도록 천연스럽게 일렀던 것이다. 그러나 막상 휘줄그레한 포라 양복에 땀에 젖은 모자를 쓴 가련한 그를 대하였을 때 현보는 준구에게 그것을 부탁하였던 것을 일순 뉘우쳤다. 휘답답한 그의 꼴이 자기의 꼴과 매일반임을 보았던 까닭이다. 그래도 의젓한 걸음으로 층계를 걸어 올라 식당에 들어가 두 사람에게 자리를 권하고 음식을 분부하고 난 후, 준구는 손수건을 내서 꺼릴 것 없이 얼굴과 가슴의 땀을 한바탕 훔쳐냈다.

"양해하게. 집에는 아이들이 들끓구, 아내는 만삭이 되어서 배가 태산 같은데두 아직 산파두 못 댔네. 다달이 빚쟁이들은 한 두름씩 문간에 와서 왕머구리같이 와글와글 짖어대구……. 어쩌다가 이렇게 됐는지 이제는 벌써 자살의 길밖에는 눈앞에 보이는 것이 없네……. 별 수 있던가. 또 교장에게 구구히 사정을 하구 한 장을 간신히 돌려왔네. 약소해서 미안하나 보태 쓰도록이나 하게."

봉투에 넣고 말고 풀없이 꾸겨진 지전 한 장을 주머니에서 불쑥 집어내어서 현보의 손에 쥐어주는 것이다. 현보는 불현듯 가슴이 찌르르하고 눈시울이 뜨거웠다. 손안에 남은 부풀어진 지전과 땀 밴 동무의 손의 체온에 찐득한 우정이 친친 얽혀서 불시에 가슴을 죈 것이다.

남죽은 새삼스럽게 고맙다는 뜻을 표하기도 겸연쩍어서 똑바로 그를 바라보지도 못하고 시선을 식탁 위에 떨어뜨린 채 손가락으로 머리카락을 오리오리 매만질 뿐이었다. 낯이 익지도 못한 여자의 앞에서까지 가릴 것 없이 집안 사정 이야기를 터놓고 하지 않으면 안 되는 가난한 시민의 자태가 딱하고 측은하고 용감하여서 그 순간 그 자리에서 살며시 꺼지고도 싶은 무거운 좌중의 기분이었다.

거리에 나와 준구와 작별한 뒤까지도 현보들은 심사가 몹시 울가망하였다. 현보는 집에 돌아가기가 울적하고 남죽 또한 답답한 숙소에 일찍 들어가기가 싫어서 대중없이 밤거리를 거닐기 시작하였다. 동무가 일껏 구해 준 땀내 나는 돈을 도로 돌릴 수도 없어 그대로 지니기는 하였으나 갖출 것도 있고 하여 여비로는 적어도 그 다섯 갑절이 소용이었다. 현보는 다른 방법을 생각하기로 하고 그 한 장 돈의 운명을 온전히 그날 밤의 밤길의 지향에 맡기기로 하였다.

　레코드나 걸고 폭스——트롯이나 마음껏 추어 보았으면 하는
것이 남죽의 청이었으나 거리에는 춤을 출 만한 곳이 없고 현보
자신 춤을 모르는 까닭에 뒷골목을 거닐다가 결국 조촐한 바에
들어갔다. 솔내 나는 진을 남죽은 사양하지 않고 몇 잔이고 거듭
마셨다. 어느 결에 주량조차 그렇게 늘었나 하고 현보는 놀라고
탄복하였다. 제법 술자리를 잡고 얼굴을 붉게 물들이고 뭇 사내
의 시선 속에서 어울려나가는 솜씨는 상당한 것으로 보였다. 술
이 어지간히 돌았는지 체면불구하고 레코드에 맞추어 몸을 으쓱
거리더니 나중에는 자리를 일어서서 춤의 자세를 하고 발끝으로
달가락달가락 춤을 추는 것이었다.

　현보 역시 취흥을 못 이겨 굳이 그를 말리지 않고 현혹한 눈으
로 도리어 그의 신기한 재주를 바라볼 뿐이었다. 술은 요술쟁이
인지, 혹은 춤추는 세상의 도덕은 원래 허랑한 것인지 이해하기
어려운 것은, 맞은편 자리에 앉았던, 아까 남죽의 귀에다 귓속말
로 거리의 부랑자 백만장자의 아들이라고 가르쳐 주었던 그 사나
이가 성큼 일어서서 남죽에게 춤을 청하는 것이었고, 더 이상한
것은 남죽이 즉시 응하여 팔을 겨르고 스텝을 밟기 시작한 것이
다. 그것이 춤의 도덕인가 보다고만 하고 현보는 웃는 낯으로 한
참이나 바라보고 있었으나, 손님들의 비난의 소리 속에서 별안간
여급이 달려와서 춤은 금물이라고 질색하고 두 사람을 가르는 바
람에 현보는 문득 정신이 들면서 이 난잡한 꼴에 새삼스럽게 눈

썹이 찌푸려졌다.

남죽의 취중의 행동도 지나쳐 허랑한 것이었으나 별안간 나타난 부랑자의 유들유들한 심보가 괘씸하게 느껴져서 주위에 대한 체면과 불쾌한 생각에, 책임상 비틀거리는 남죽의 팔을 끌고 즉시 그 자리를 나와 버렸다. 쓸데없이 허튼 곳에 그를 끌어온 것이 뉘우쳐도 져서 분이 좀체 가라앉지 않았다.

"아무리 부랑자기로 생면부지에 소락소락 —— 안된 녀석."

"노여하실 것 없는 것이 춤추는 사람끼리는 춤을 청하는 것이 모욕이 아니라 도리어 존경의 뜻인걸요. 제법 춤의 격식이 익숙하던데요."

남죽의 항의에는 한마디도 대꾸할 바를 몰랐으나 그러면 그 괘씸한 심사는 질투에서 나온 것이었던가? 그렇다면 남죽을 얼마나 사랑하고 있는 셈인가 하고 현보는 자신의 마음을 가지가지로 의심하여 보았다.

"……참기 싫어요, 견딜 수 없어요 —— 죄수같이 이 벽 속에만 갇혀 있기가. 어서 데려다 주세요, 떼에빗. 이곳을 나갈 수 없으면 —— 이 무서운 배에서 나갈 수 없으면 금방 미칠 것두 같아요. 집에 데려다 주세요, 떼에빗. 벌써 아무것두 생각할 수 없어요. 추위와 침묵이 머리를 가위같이 누르는 걸요. 무서워. 얼른 집에 데려다 주세요."

남죽은 남죽으로서 딴소리를 —— 듣고 보니 오늘의 〈고래〉의 구절구절을 아직도 취흥에 겨운 목소리로 대로상에서 마치 무대에서와 같은 감정으로 외치는 것이었다. 북극 해상에서 애니가 남편인 선장에게 애원하고 호소하는 그 소리는 그대로가 바로 남죽 자신의 절실한 하소연이기도 하였다.

"……이런 생활은 나를 죽여요——이 추위, 무서움. 공기가 나를 협박해요——이 적막. 가는 날 오는 날 허구한 날 똑같은 회색 하늘. 참을 수 없어요. 미치겠어요. 미치는 것이 손에 잡힐 듯이 알려요. 나를 사랑하거든 제발 집에 데려다 주세요. 원이에요. 데려다 주세요."

이튿날은 또 하루 목표 없는 지난날의 연속이었다.

간밤의 무더운 기억도 있고 남죽에게 대한 말끔하게 청산하지 못한 뒤를 끄는 감정도 남아 있고 하여 현보는 오후도 훨씬 늦어 남죽을 찾았다. 아직도 눈알이 붉고 정신이 개운하지 못한 남죽의 청을 들어 소풍 겸 강으로 나갔다.

서선 지방의 그 도회는 산도 아름다우려니와 물의 고을이어서 여름 한철이면 강 위에는 배가 흔하게 떴다. 나룻배 · 고깃배 · 석탄배 외에 지붕을 덩그렇게 단 놀잇배와 보트와 모터보트가 강 위를 촘촘하게 덮었다. 놀잇배에서는 노래가 흐르고 춤이 보여서 무르녹은 나무 그림자를 띄운 강 위는 즐거운 유원지로 변한다. 산너머 저편은 바로 도회에서 생활과 싸움으로 들복닥거리건만, 산 건너 이편은 그와는 별세상인 양 웃음과 노래와 흥이 지천으로 물 위를 흘렀다.

현보와 남죽도 보트를 세내서 타고 그 속에 한몫 끼어서 시원한

장미(薔薇) 병들다

물세상 사람이 된 듯도 싶었다. 백양나무가 늘어선 위로 흰구름이 뭉실뭉실 떠서 강 위에서는 능라도 일대의 풍경이 아름다웠다. 현보는 손수 노를 저으면서 물결을 거슬러 올라가 섬께로 향하였다. 속을 헤아릴 수 없는 푸른 물결이 뱃전을 찰싹찰싹 쳤다.

"언니에게서 편지가 왔는데……. 요새는 염소 젖두 적구 그렇게 쉽게 노자를 구할 수 없다나요."

남죽은 소매 속에서 집어낸 편지를 봉투째 서너 조각으로 쭉쭉 찢더니 물위에 살며시 띄웠다. 별로 언니를 원망하는 표정도 아니요, 다만 침착한 한마디의 보고였다.

"……며칠 동안 카페에 들어가 여급 노릇이나 해서 돈을 벌어볼까요?"

이 역시 원망의 소리가 아니고 침착한 농담으로 들리기는 하였으나 그 어딘지 자포자기의 기색이 보이지 않는 것도 아니었다.

"차차 무슨 방법이든지 있을 텐데 무얼 그리 조급하게 군단 말요."

현보는 당찮은 생각은 당초에 말살시켜 버리려는 듯이 어세가 급하고 퉁명스러웠다. 그러나 고향을 그리는 남죽의 원은 한결같이 절실하였다.

"얼음 속에 갇혀 있으면 추억조차 흐려지나 봐요. 벌써 머언 옛일 같아요……. 지금은 6월, 라일락이 뜰앞에 한창이고 담 위 장미는 벌써 봉오리가 앉았을 걸요."

이것은 남죽이 늘 즐겨 외우는 〈고래〉 속의 한 구절이었으나 남죽의 대사는 이것으로서 그치는 것이 아니었다. 물위에 둥둥 떠서 멀리 사라지는 찢어진 편지 조각을 바라보며 남죽의 고향을 그리는 정은 줄기줄기 면면하였다.

"솔골서 시작해서 바다 있는 쪽으로 평야를 꿰뚫은 흰 방축이 바로 마을 앞을 높게 내닫고 있어요. 방축이라니 그렇게 긴 방축이 어디 있겠어요. 포플러나무가 모여서고 국제 열차가 갈리는 정거장 근처를 지나 바다까지 근 십 리 장간을 일직선으로 뻗쳤는데 인도교와 철교 사이를 거닐기에두 이십 분이나 걸려요. 물 한 방울 없는 모래 개천을 끼고 내달은 넓은 둑은 희고 곧고 깨끗해서 마치 푸른 풀밭에 백묵으로 무한대의 일직선을 그은 것두 같구, 둑 양편으로 잔디가 깔린 속에 쑥이 나고 패랭이꽃이 피어서 저녁 해가 짜릿짜릿 쬐면 메뚜기와 찌르레기가 처량하게 울지요. 풀밭에는 소가 누운 위로 이름 모를 새가 풀 위를 스치면서 낮게 날고, 마을로 향한 쪽에는 조·수수·옥수수 밭이 연하여서 일하는 처녀 아이가 두어 사람씩은 보이죠. 여름 한철이면 조카 아이와 같이 염소를 끌고 그 둑 위를 거닐면서 세월 없이 풀을 먹여요. 항구를 떠난 국제 열차가 산모퉁이를 돌아 기적소리가 길게 벌판을 울려올 때, 풀 먹던 소는 문득 뿔을 세우고 수염을 드리우고 에헤헤헤헤헤 하고 새침하게 한바탕 울어대군 해요. 마을 앞의 그 둑을! 고향의 그 벌판을! 나는 얼마나 사랑하는지 몰라요. 얼마나 그리운지 모르겠어요."

남죽의 장황한 고향의 묘사는 무대 위에서와는 또 다르게 고요한 강물 위를 자유롭게 흘러내렸다. 놀잇배에서 흘러나오는 레코드의 음악이 속된 유행가가 아니고 만약 교향악의 반주였던들 남죽의 대사는 마디마디 아름다운 전원교향악으로 들렸을 것이다.

그의 전원교향악에 취하였던 것은 아니나 그의 고향에 대한 —— 적어도 현재 이외의 생활에 대한 그리운 정이 얼마나 간절한가를 느끼며 현보는 속히 여비를 구해야 할 것을 절실히 생각하면서 능라도와 반월도 사이의 여울로 배를 저어 올렸다. 얕아졌으나 센 물살을 거슬러 저으면서 섬에 오를 만한 알맞은 물기슭을 찾았다.

"첫가을이면 송이의 시절……. 좀 이르면 솔골로 풋송이 따러 가는 마을 사람들이 둑 위를 희끗희끗 올라가기 시작하겠어요. 봉곳이 흙을 떠받들고 올라오는 송이를 찾았을 때의 기쁨! 바구니에 듬직하게 따가지고 식구들과 함께 둑길을 걸어 내려올 때면 송이의 향기가 전신에 흠뻑 배지요. 이런 풋송이의 향기 ——〈고래〉속의 라일락의 향기 이상으로 제겐 그리운 것이에요."

듣는 동안에 보지 못한 곳이언만 현보에게도 그의 말하는 고향이 한없이 그리운 것으로 생각되었다. 모래바닥이 보이는 강가로 배를 몰아놓고 섬기슭을 잡으려 할 때 배가 몹시 요동하는 바람에 꿈에 잠겼던 남죽은 금시에 정신이 깬 모양이었다. 백양나무가 늘어선 사이로 새품이 우거져서 섬 속은 단걸음에 뛰어들어가고도 싶게 온통 푸르게 엿보였다. 발을 벗고 물 속을 걷기도 귀찮아서 남죽은 뱃전에 올라서서 한걸음에 기슭까지 뛰어 건너려 하

였다. 뒤뚝거리는 배를 현보가 뒤에서 붙들기는 하였으나 원체
물의 거리가 먼 데다가 남죽은 못 미치는 다리에 풀뿌리를 밟은
까닭에 껑청 발을 건너자 배가 급각도로 기울어지며 현보가 위태
하다고 느꼈을 순간 풀뿌리에서 미끄러지며 볼 동안에 전신을 물
속에 채워 버렸다. 현보가 즉시 신발째로 뛰어들어 그의 몸을 붙
들어 일으키기는 하였으나 전신은 물에 빠진 쥐였다. 팔에 걸린
몸이 빨랫짐같이도 차고 무거웠다.

　하루의 작정이 흐려지고 섬의 행락이 틀어졌다. 소풍이 지나쳐
목욕이 된 셈이나 물에 빠진 꼴로는 사람들 숲에 섞일 수도 없어
두 사람은 외따로 떨어져 섬 속의 양지를 찾았다. 사람들 엿보지
못하는 호젓한 외딴 곳에서 젖은 옷을 대충 말리는 수밖에는 없
었다. 현보는 신과 바지를 벗어서 널고 남죽은 속옷만을 남기고
치마 저고리를 벗어서 양지쪽 풀밭에 펴놓았다. 차라리 해수욕복
이나 입었던들 피차에 야릇한 꼴들은 아니었을 것이나 옷을 반씩
벗은 이지러진 자태 —— 마치 꼬리와 죽지를 뽑히우고 물벼락을
맞은 자웅의 닭과도 같은 허수한 꼴들은 한층 우스운 것이었다.
더구나 팔다리와 어깨를 온전히 드러내고, 젖어서 몸에 붙은 속
옷 바람으로 풀밭에 선 남죽의 꼴은 더욱 보기 딱한 것이어서 그
자신은 그다지 시스러워 여기지 않음에도 현보는 똑바로 보기 어
려워 자주 외면하지 않을 수 없었다.

　별수 없이 그 꼴 그대로 틀어진 반날을 옷 말리기에 허비하고
해가 진 후 채 마르지도 못한 축축한 옷을 떨쳐입고 다시 배를 젓

고 내려올 때, 두 사람은 불시에 마주보고 껄껄껄 웃어댔다. 하루의 이지러진 희극을 즐겁게 끝막으려는 듯 웃음소리는 고요한 저녁 강 위에 낭랑하게 퍼졌다.

그 꼴로 혼자 돌려보내기가 가여워서 현보는 그 길로 남죽의 숙소에 들른 채 처음으로 밤이 이슥할 때까지 같이 지내게 되었다. 뜻속의 것이었는지 혹은 뜻밖의 것이었는지 그날 밤 현보는 또한 남죽과 모든 열정을 주고받았다. 그것은 반드시 한쪽의 치우친 감정의 발작이 아니라 피차의 똑같은 감정의, 말하자면 공동합작이었으며 그 감정 또한 우연한 돌발적인 것이 아니요, 참으로 칠년 전부터 내려오는 묵고 익은 감정의 합류였다. 늦은 밤거리에 나왔을 때 현보는 찬란한 세상을 겪은 뒤의 커다란 피곤을 일시에 느꼈다.

일이 일인 만큼 큰 경험 후에 오는 하루를 현보는 집에 묻힌 채 가지가지 생각에 잠겼다. 묵은 감정의 합류라고는 하더라도 하필 그 시간에 폭발된 것은 이때까지 피차에 감정을 감추고 시험해 왔던 까닭일까? 그런 감정에는 반드시 기회라는 것이 필요한 탓일까 생각하였다. 결국 장구한 시기를 두었다가 알맞은 때를 가늠 보아 피차에 훔쳐낸 감정에 지나지 않았다. 사랑이라기에는 너무도 어처구니없는 것인지도 모르나 그러나 사랑이 아니라고 할 수도 없는 것이, 비록 미래의 계획이 없는 한 막의 애욕극이었다고는 하더라도 거기에 이르기까지는 오랜 시간의 양해가 있었던 것이라고 생각하였다. 남죽의 마음 또한 그러려니는 생각하면서도 현보는 한편 남자된 욕심으로 남죽의 허랑한 감정을 의심도 하여 보았다. 대체 지난 칠 년 동안의 그에게는 완전히 괄호 안의 비밀인 남죽의 생활이 어떤 내용의 것이었을까 하는 것이었다. 그에게 있어서 간간이 생리의 정리가 필요하듯이 남죽에게도 그것이 필요하지 않았을까?

혹은 한 번쯤은 결혼까지 하였다가 실패하였는지도 모르며 더 가깝게 가령 그와 다시 만나기 전에 친히 지냈던 민삼과는 깊은 관계가 없었을까 하는 생각이 갈피갈피 들었으나 돌이켜보면 그렇게 그의 결벽하기를 원하는 것은 순전히 자기 자신의 지나친 욕심이며, 그것을 희망할 자격은 자기에게는 없다는 것을 느끼게 되었다. 괄호 안의 비밀, 그의 눈에 비치지 않은 부분의 생활은 그의 관계할 바 아니며 다만 그로서는 그에게 보여 준 애정만을 달게 여기면 족한 것이라고 결론하면서 그의 애정을 너그럽게 해석하려고 하였다.

값으로 산 애정은 아니었으나 남죽의 처지가 협착한 만큼 현보는 애정에 대한 일종의 책임을 느껴서 그의 여비 일건을 더욱 절실히 생각하게 되었다.

그를 오래도록 붙들어 둘 수 없는 이상 원대로 하루라도 속히 고향에 돌려보내는 것이 애정의 의무일 것같이 생각되었다.

여비를 갖춘 후에 떳떳이 만날 생각으로 그 밤 이후 며칠 동안은 남죽을 찾지 않았다. 여비를 갖춘대야 생판 날탕인 현보에게

장미(薔薇) 병들다

버젓한 도리가 있을 리는 없었다. 이미 친한 동무 준구에게 한 번 청을 걸어 여의치 못한 이상 다시 말해 볼 만한 알맞은 동무는 없었으며, 그렇다고 그의 일신에 돈으로 바꿀 만한 귀중한 물건을 지닌 것도 아니었다.

옳은 길이라고는 생각지 않았으나 별수 없이 남은 한 길을 취할 수밖에는 없었다. 진종일을 노리다가 사랑 문갑에서 예금통장을 집어내기에 성공하였던 것이다. 은행과 조합의 통장이 허다한 속에서 우편예금 통장을 손쉽게 집어내서 도장까지 위조하여 소용의 금액을 감쪽같이 찾아내기는 하였으나 빡빡한 주의 아래에서 그것을 성공하기에는 온 이틀을 허비하였다. 가정에 대한 그 불측한 반역이 마음을 괴롭히지 않는 바도 아니었으나 그만한 희생쯤은 이루어진 애정에 대한 정성과 봉사의 생각으로 닦아 버리려고 생각하였던 것이다.

그 밤 이후 처음으로 만나는데 소용의 금액을 넌지시 내놓음이 받는 애정의 대상을 갚는 것도 같아서 겸연쩍기는 하였으나, 그러나 한편 돈을 가진 마음은 즐겁고 넉넉하였다. 마음도 가뿐하고 걸음도 시원스럽게 현보는 오후나 되어서 남죽의 여관을 찾았다.

여관 안은 전체로 감감하고 방에는 남죽의 자태가 보이지 않았다. 원체 아무 세간도 없는 방인 까닭에 텅 빈 방안을 현보는 자세히 살펴볼 것도 없이 문을 닫고 아마도 놀러나갔으려니 하고 거리로 나왔다. 찻집과 백화점을 한바퀴 돌고는 밤에 다시 찾기로 하고 우선 집으로 돌아왔을 때 뜻밖에 남죽의 엽서가 책상 위에 있었다.

연필로 적은 사연이 간단하게 읽혔다.

왜 며칠 동안 까딱 오시지 않았어요? 노여운 일 계세요? 여러
날 폐만 끼친 채 여비가 되었기에 즉시 떠납니다. 아마도 앞으로
는 만나뵙기 조련치 않을 것 같아요.

내내 안녕히 계세요. 남죽 올림.

돌연한 보고에 현보는 기를 뽑히우고 즉시로 뒷걸음을 쳐서 여
관으로 향하였다.

여러 날 안 왔다고 칭원을 하면서 무슨 까닭에 그렇게도 무심하
고 급스럽게 떠나 버렸을까? 여비라니 다따가 오십 원의 여비를
대체 어떻게 해서 구하였을까? 짜장 며칠 동안 카페 여급 노릇이
라도 한 것일까……. 여러 가지로 생각하면서 여관에 이르러 다
시 방문을 열어보았을 때 아까와 마찬가지로 텅 빈 것이었으나
그런 줄 알고 보니 사실 구석에 가방조차 없었다. 경솔한 부주의
를 내책하면서 그제서야 곡절을 물어보려 안문을 들어서서 주인
을 찾았다.

궂은 일을 하던 노파는 치맛자락으로 손을 훔치면서 한마디 불
어대고 싶은 듯도 한 눈치로 뜰안에 나서며 간밤에 부랴부랴 거
둬가지고 떠났다는 소식을 첫마디에 이르고는 뒤슬뒤슬 속있는
웃음을 띠었다.

"그게 대체 여배우요, 여학생이요? 신식 여자들은 겉만 보군 알 수가 없으니."

무슨 소리를 하려는 수작인고 하고 그다지 반갑지는 않았으나 현보는 잠자코 있을 수만 없어서,

"여학생으로두 보입니까?"

되려 한마디 반문하였다.

"그럼 여배우군. 어쩐지 행동거지가 보통이 아니야. 아무리 시체 여학생이기루 학생의 처신머리가 그럴까 했더니 그게 여배우구료."

"행동이 어쨌단 말요?"

"하긴 여배우는 거반 그렇답디다만."

말이 시끄러워질 눈치여서 현보는 귀찮은 생각에 말머리를 돌렸다.

"식비는 다 치렀나요?"

그러나 그 한마디가 도리어 풀숲의 뱀을 쑤신 셈이었다. 노파의 말주머니는 막았던 봇물같이 한꺼번에 터져나오기 시작하였다.

"식비 여부가 있겠수. 푸른 지전이 지갑 속에 불룩하던데. 수단두 능란은 하련만 백만장자의 자식을 척척 끌어들이는 걸 보문 여간내기가 아닌, 한다 하는 난꾼입디다. 그런 줄 알구 그랬는지 어쨌는지 아마두 첫눈에 후려 낸 눈친데 하룻밤 정을 줘두 부자 자식이 좋기는 좋거든. 맨숭한 날탕이던 것이 하룻밤 새에 지전이 불룩하게 쓸어든단 말요. 격이 되기는 됐어. 하룻밤을 지냈을

뿐 이튿날루 살랑 떠난단 말요."

청천의 벼락이었다. 놀랍고 어처구니가 없어서 노파의 입을 쥐어박고도 싶었으나, 그러나 실상은 노파가 아닌 이상 거짓말도 아닐 것이어서 현보는 다만 벌렸던 입을 다물 수 없었다.

"백만장자의 자식이라니 누 누구란 말요?"

아마도 말소리가 모르는 결에 떨렸던 상 싶었다.

"모르시오? 김장로의 아들 말이외다. 부랑자루 유명한⋯⋯."

현보는 아찔해지며 골이 핑 돌았다.

더 물을 것도 없고 흉측한 노파의 꼴조차가 불현듯이 보기 싫어져서 뒤도 돌아보지 않고 허둥허둥 여관을 나와 버렸다.

'그것이 여비의 출처였던가.'

모르는 결에 입술이 찡그러지며 제 스스로를 비웃는 웃음이 흘러나왔다.

김장로의 아들이라면 며칠 전 바에서 돌연히 남죽에게 춤을 청한 놈팡이인데 어느 결에 그렇게 쉽게 교섭이 되었던가? 설사 여비를 구하기 위한 수단이라고 하더라도 어둠의 여자와 다를 바가 무엇인가 생각할 때 무서운 생각에 전신에 소름이 쭉 돋으며 허전허전 꾀는 다리에 그 자리에 쓰러져 울고도 싶었다.

남죽은 그렇게까지 변하였던가? 과거 칠 년 동안의 괄호 속의 비밀까지가 한꺼번에 눈앞에 보이는 듯하여 현보는 속았다는 생각만이 한결같이 들어 온전히 제정신 없이 거리를 더듬었다.

우울하고 불쾌하고 또 미칠 듯도 한 며칠이었다. 칠 년 전부터

장미(薔薇) 병들다

남죽을 알아온 것을 뉘우치고 극단이고 무엇이고를 조직하려고 한 것조차 원 되었다. 속인 것은 비단 마음뿐이 아니고 육체까지임을 알았을 때 현보는 참으로 미칠 듯도 한 심정이었던 것이다.

육체의 일부에 돌연히 변조가 생기기 시작한 것은 다음날부터였으나 첫 경험인 현보는 다따가의 변화에 하늘이 뒤집힌 듯이나 놀랐고, 첫째 그 생리적 고통은 견딜 수 없이 큰 것이었다. 몸에는 추잡한 병증이 생기며 용변할 때의 괴로움이란 살을 찢는 듯도 하여 이루 헤아릴 수 없었다. 세상에서 흔히 말하는 병이 바로 이것인가 보다고 즉시 깨우치긴 하였으나 부끄러운 마음에 대뜸은 병원에도 못 가고 우선 매약점에를 들렀다가 하는 수 없이 그 길로 의사를 찾았다. 진찰의 결과는 예측과 영락없이 들어맞아서 별수 없이 의사의 앞에서 눈을 감고 부끄러운 치료를 받기 시작하면서 찡그린 마음속에는 한결같이 남죽의 자태가 떠올랐다.

마음과 몸을 한꺼번에 속인 셈이나 남죽은 대체 그런 줄을 알았던가 몰랐던가.

처음에는 감격하고 고맙게 여겼던 애정이었으나 그렇게 된 결과로 보면 일종의 애욕의 사기로밖에는 생각되지 않았다. 칠팔 년 전 건강하고 아름다운 꿈으로 시작되었던 남죽의 생애가 그렇게 쉽게 병들고 상할 줄은 짐작도 할 수 없었던 것이다. 굳건한 꿈의 주인공이 칠 년 후 한다 하는 밤의 선수로 밀려 떨어질 줄은 생각할 수 없었던 것이다.

아담하던 꽃은 좀이 먹었을 뿐이 아니라 함빡 병들어 상하기 시작하지 않았던가!

책점 대중원 뒷방에서 겨울이면 화롯전을 끼고 앉아서 독서에 열중하다가 이론 투쟁을 한다고 아무나 붙들고 채 삭이지도 못한 이론으로 함부로 후려대다가는 이튿날도 학교의 사건을 지도한다고 조금 출출한 동무들이면 모조리 방에 끌어다가는 이론과 토의가 자자하던 칠 년 전의 남죽의 옛일을 생각할 때 현보는 금할 수 없는 감회에 잠기며 잠시는 자기 몸의 괴로움도 잊어버리고 오늘의 남죽을 원망하느니보다는 그의 자태를 측은히 여기는 마음이 끝없이 솟았다.

어린 꿈의 자라가는 것은 여러 갈래일 것이나 그 허다한 실례(實例) 속에서 현보는 공교롭게도 남죽에게서 가장 측은하고 빗나간 한 장의 표본을 본 듯도 하여서 우울하기 짝이 없었다.

부정한 수단을 써가면서까지 여비로 만든 오십 원 돈이 뜻밖에도 망칙한 치료비로 쓰이게 된 것을 생각하고 그 돈의 기구한 운명을 저주하면서 답답한 마음에 현보는 그날 밤 초저녁부터 바에 들어가 잠겼다. 거기에서 또한 우연히도 문제의 거리의 부랑자 김장로의 아들을 한자리에서 마주치게 된 것은 얼마나 뼈저린 비꼬움이었던가. 반지르르하면서도 유들유들한 그 꼬락서니가 언제 보아도 불쾌하고 노여운 것이었으나, 그러나 남죽 자신의 뜻으로 된 일이었다면 그도 하는 수 없는 노릇이며, 무엇보다도 그 당장에서 그 녀석을 한 대 먹여서 꼬꾸라뜨릴 만한 용기와 힘없음이 현보에게는 슬펐다. 녀석도 또한 그 자리로 현보임을 알아차리

장미(薔薇) 병들다

고, 가소로운 것은 제 술잔을 가지고 일부러 현보의 탁자에 와 마주 앉으며 알지 못할 웃음을 띠는 것이다.

"이왕 마주 앉았으니 술이나 같이 듭시다."

어느 결엔지 여급에게 분부하여 현보의 잔에도 술을 따르게 하였다. 희고 맑은 그 양주가 향기로 보아 솔내 나는 진인 것이 바로 그 밤과 같은 것이어서 이 또한 우연한 비꼬움으로밖에는 생각되지 않았다.

"……이렇게 된 바에 무엇을 속이겠소. 터놓고 말이지 사실 내겐 비싼 흥정이었었소. 자랑이 아니라 나도 그 길엔 상당히 밝기는 하나 설마 그런 흠이 있을 줄이야 뉘 알았겠소. 온전히 홀리운 셈이지. 그까짓 지갑쯤 털리운 거야 아까울 것 없지만 몸이 괴로워 못 견디겠단 말요. 허구한 날 병원에만 다니기두 창피하구, 맥주가 직효라기에 날마다 와서 켰으나 이 몸이 언제나 개운해질는지……."

술잔을 내고는 얼굴을 찡그리고 쓴웃음을 띠는 것을 보고는 녀석을 해낼 수도 없고 맞장구를 칠 수도 없어서 현보는 얼떨떨할 뿐이었다.

"당신두 별수 없이 나와 동류항(同類項)일거요. 동류항끼리 마음을 헤치고 하룻밤 먹어봅시다그려."

하면서 굳이 술잔을 권하는 것이다.

현보는 녀석의 면상에 잔을 던지고 그 자리를 일어나고도 싶었지만 실상은 웃지도 못하고 울지도 못할 난처한 표정대로 그 자리에 빠지지 앉아 있을 수밖에는 없었다.

산

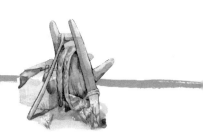

산

1

나무하던 손을 쉬고 중실은 발밑에 깨금나무 포기를 들췄다. 지천으로 떨어지는 깨금알이 손안에 오르르 들었다. 익을 대로 익은 제철의 열매가 어금니 사이에서 오드득 두 쪽으로 갈라졌다.

돌을 집어던지면 깨금알같이 오드득 깨어질 듯한 맑은 하늘! 물고기 등같이 푸르다. 높게 뜬 조각구름 떼가 햇볕에 뿌려진 조개껍질같이 유난스럽게도 한편에 옹졸봉졸 몰려들었다.

높은 산등이라 하늘이 가까우련만 마을에서 볼 때와 일반으로 멀다. 구만 리일까, 십만 리일까? 골짜기에서의 생각으로는 산기슭에만 오르면 만져질 듯하던 것이 산허리에 나서면 단번에 구만 리를 내빼는 가을 하늘!

산속의 아침나절은 졸고 있는 짐승같이 막막은 하나 숨결이 은근하다. 휘엿한 산등은 누워 있는 황금의 등허리요, 바람결도 없는데 쉴새없이 파르르 나부끼는 사시나무 잎새는 산의 숨소리다. 첫눈에 띄는 하얗게 분장한 자작나무는 산속의 일색. 아무리 단장한대야 사람의 살결이 그렇게 흴 수 있을까? 수뿍 들어선 나무는 마을의 인총보다도 많고 사람의 성보다도 종자가 흔하다. 고요하게 무럭무럭 걱정 없이 참 잘들 자란다. 산오리나무·물오리나무·가락나무·참나무·졸참나무·박달나무·사수래나무·떡갈나무·피나무·물가리나무·싸리나무·고루쇠나무, 골짜기에는 산사나무·아그배나무·갈매나무·개옷나무·엄나무, 산등에 간간이 섞여 어느 때나 푸르고 향기로운 소나무·잣나무·전나무·향나무·노가지나무 —— 걱정 없이 무럭무럭 잘들 자라는 —— 산속은 고요하나 웅성한 아름다운 세상이다.

산

과실같이 싱싱한 기운과 향기, 나무 향기, 흙 냄새, 하늘 향기. 마을에서는 찾아볼 수 없는 향기다.

낙엽 속에 파묻혀 앉아 깨금을 알뜰히 바수는 중실은 이제 새삼스럽게 그 향기를 생각하고 나무를 살피고 하늘을 바라보는 것이 아니었다. 그런 것은 한데 합쳐서 몸에 함빡 젖어들어 전신을 가지고 모르는 결에 그것을 느낄 뿐이다. 산과 몸이 빈틈없이 한데 얼린 것이다.

눈에는 어느 결엔지 푸른 하늘이 물들었고 피부에는 산냄새가 배었다. 바심할 때의 짚북데기보다도 부드러운 나뭇잎 —— 여러

자 깊이로 쌓이고 쌓인 깨금잎·가랑잎·떡갈잎의 부드러운 보료
──속에 목을 파묻고 있으면 몸뚱어리가 마치 땅에서 솟아난 한
포기의 나무와도 같은 느낌이다. 소나무·참나무 총중의 한대의
나무다. 두 발은 뿌리요, 두 팔은 가지다. 살을 베면 피 대신에 나
무 진이 흐를 듯하다. 잠자코 섰는 나무들의 주고받는 은근한 말
을, 나뭇가지의 고갯짓하는 뜻을, 나뭇잎의 소근거리는 속셈을,
총중의 한 포기로서 넉넉히 짐작할 수 있다. 해가 쬘 때에 즐거하
고, 바람 불 때 농탕치고, 날 흐릴 때 얼굴을 찡그리는 나무들의
풍속과 비밀을 역력히 번역해 낼 수 있다. 몸은 한 포기의 나무
다.

별안간 부드득 솟아오르는 힘을 느끼고 중실은 벌떡 뛰어 일어
났다. 쭉 펴는 네 활개에 힘이 뻗쳐 금시에 그대로 하늘에라도 오
를 듯 싶다. 넘치는 힘을 보낼 곳 없어 할 수 없이 입을 크게 벌리
고 하늘이 울려라 고함을 쳤다. 땅에서 솟는 산 정기의 힘찬 단순
한 목소리다.

산이 대답하고 나뭇가지가 고갯짓한다. 또 하나 그 소리에 대답
한 것은 맞은편 산허리에서 불시에 푸드득 날아 뜨는 한 자웅의
꿩이었다. 살찐 까투리의 꽁지를 물고 나는 장끼의 오색 날개가
맑은 하늘에 찬란하게 빛났다.

살찐 꿩을 보고 중실은 문득 배가 허출함을 깨달았다. 아래편
골짜기 개울 옆에 간직하여 둔 노루고기와 가랑잎에 싸둔 개꿀이
있음을 생각하고 다시 낫을 집어들었다. 첫 참때까지는 한 짐

을 채워놓아야 파장되기 전에 읍내에 다다르겠고 팔아가지고는 어둡기 전에 다시 산으로 돌아와야 할 것이다. 한참 쉰 뒤라 팔에는 기운이 남았다. 버스럭거리는 나뭇잎 소리가 품안에 요란하고, 맑은 기운이 몸을 한바탕 멱감긴 것 같다. 산은 마을보다 몇 갑절 살기 좋은가! 산에 들어오기를 잘했다고 중실은 생각하였다.

산

2

세상에 머슴살이같이 잇속 적은 생업은 없다.

싸울래 싸운 것이 아니라 김 영감 편에서 투정을 건 셈이다. 지금 와보면 처음부터 쫓아낼 의사였던 것이 확실하다. 중실은 머슴 산 지 칠팔 년에 아무것도 쥔 것 없이 맨주먹으로 살던 집에서 쫓겨났다. 원통은 하였으나 애통하지는 않았다.

해마다 새경을 또박또박 받아본 일 없다. 옷 한 벌 버젓하게 얻어입은 적 없다. 명절에는 놀이할 돈도 푼푼이 없이 늘 개 보름 쉬듯 하였다. 장가들이고 집 사고 살림을 내준다던 것도 헛소리였다. 첩을 건드렸다는 생뚱 같은 다짐이었으나 그것은 처음부터 계책한 억지요, 졸색의 등글개 따위에는 손댈 염도 없었던 것이다. 빨래하러 갔던 첩과 동구 밖에서 마주쳐 나뭇짐을 지고 앞서고 뒤서서 돌아왔다고 의심받을 법은 없다. 첩과 수상한 놈팡이는 도리어 다른 곳에 있는 것을 애매한 중실에게 엉뚱한 분풀이가 돌아온 셈이었다. 가살스런 첩의 행실을 휘어잡지 못하고 늘 그막판에 속태우는 영감의 신세가 하기는 가엾기는 하다. 더욱 얼크러질 앞일을 생각하고 중실은 차라리 하직하고 나온 것이었다.

넓은 하늘 밑에서도 갈 곳이 없다. 제일 친한 곳이 늘 나무하러 가던 산이었다. 짚북데기보다도 부드러운 두툼한 나뭇잎의 맛이 생각났다. 그 넓은 세상은 사람을 배반할 것 같지는 않았다. 빈 지게만을 짊어지고 산으로 들어갔다. 그 속에서 얼마 동안이나 견딜 수 있을까가 한 시험도 되었다.

박중골에서도 오 리나 들어간 마을과 사람과는 인연이 먼 산협이다. 산등이 펑퍼짐하고 양지쪽에 해가 잘 쬐고 골짜기에 개울이 흐르고 개울가에 나무열매가 지천으로 열려 있는 곳이다. 양지쪽에서는 나무하러 왔다 낮잠을 잔 적도 여러 번이었다. 개울가에 불을 피우고 밭에서 뜯어온 옥수수 이삭을 구웠다. 수풀 속에서 찾은 으름과 나뭇가지에 익어 시든 아그배와 산사로 배가 불렀다. 나뭇잎을 모아 그 속에 푹 파고든 잠자리도 그다지 춥지는 않았다.

이튿날 산을 헤매다가 공교롭게도 주영나무 가지에 나지막하게 달린 벌집을 찾아냈다. 담배 연기를 피워 벌떼를 어지러뜨리고 감쪽같이 집을 들어냈다. 속에는 맑은 꿀이 차 있었다. 사람은 살기 마련인 듯 싶었다. 꿀은 조금으로도 요기가 되었다. 개와 함께 여러 날 양식이 되었다.

꿀이 다 떨어지지도 않은 그저께 밤에는 맞은편 심산에 산불이 보였다. 백일홍같이 새빨간 불꽃이 어둠 속에 가깝게 솟아올랐다. 낮부터 타기 시작한 것이 밤에 들어가서 겨우 알려진 것이다. 누이에게 먹이는 뽕잎같이 아물아물해지는 것 같으나 기실은 한 자리에서 아롱아롱 타는 것이었다. 아귀의 혀끝같이 널름거리는 불꽃이 세상에도 아름다웠다. 울밑에 꽃보다도, 비단결보다도, 무지개보다도, 맨드라미보다도 곱고 장하다.

산

중실은 알 수 없이 신이 나서 몽둥이를 들고 산등을 달아오르고 골짜기를 건너 불붙은 곳으로 끌려 들어갔다. 가깝게 보이던 것과는 딴판으로 꽤 멀었다. 불은 산등에서 산등으로 들러붙어 골짜기로 타내려갔다. 화기가 확확 터져 가까이 갈 수 없었다. 후끈후끈 무더웠다. 나무뿌리가 탁탁 튀며 땅이 쨍쨍 울렸다. 민출한 자작나무는 가지가지에 불이 피어올라 한 포기의 산호수 같은 불나무로 변하였다. 헛되이 타는 모두가 아까웠다. 중실은 어쩌는 수 없이 몽둥이를 쓸데없이 휘두르며 불 테두리를 빙빙 돌 뿐이었다. 불은 힘에 부치는 것이었다.

확실히 간 보람은 있었다. 그스러진 노루 한 마리를 얻은 것이다. 불 테두리를 뚫고 나오지 못한 노루는 산골짜기에서 뱅뱅 돌다 결국 불벼락을 맞은 것이다. 물론 그것을 얻은 때는 불도 거의 다 탄 새벽녘이었으나 외로운 짐승이 몹시 가여웠다. 그러나 이미 죽은 후의 고기라 중실은 그것을 짊어지고 산으로 돌아갔다.

사람을 살리자는 산의 뜻이라고 비위 좋게 생각하면 그만이었다. 여러 날 동안의 흐뭇한 양식이 되었다. 다만 한 가지 그리운 것이 있었다. 짠맛 —— 소금이었다. 사람은 그립지 않으나 소금이 그리웠다. 그것을 얻자는 생각으로만 마을이 그리웠다.

3

힘에 자라는 데까지 졌다.

이십 리 길을 부지런히 걸으려니 잔등에 땀이 내뱄다. 걸음을 따라 나뭇짐이 휘춘휘춘 앞으로 휘었다.

간신히 파장 전에 대었다.

나무를 판 때의 마음이 이날같이 즐거운 적은 없었다.

물건을 산 때의 마음도 이날같이 즐거운 적은 없었다.

그것은 가장 필요한 물건이기 때문이다.

나무 판 돈으로 중실은 감자 말과 좁쌀 되와 소금과 냄비를 샀다.

산속의 호젓한 살림에는 이것으로 족하리라고 생각되었다.

목숨을 이어가는 데 해어(海魚)쯤이 없으면 어떨까도 생각되었다.

올 때보다 짐이 단출하여 지게가 가벼웠다. 거리의 살림은 전과 다름없이 어수선하고 지저부레하였다. 더 나아진 것도 없으려니와 못해진 것도 없다.

술집 골방에서 왁자지껄하고 싸우는 것도 전과 다름없다.

이상스러운 것은 그런 거리의 살림살이가 도무지 마음을 당기지 않는 것이다. 앙상한 사람들의 얼굴이 그다지 그리운 것이 아니었다.

무슨 까닭으로 산이 이렇게도 그리울까? 편벽된 마음을 의심도 하여 보았다. 그러나 별로 이치도 없었다. 덮어놓고 양지쪽이 좋고 자작나무가 눈에 들고 떡갈잎이 마음을 끄는 것이다. 평생 산에서 살도록 태어났는지도 모른다.

산

김 영감의 그 후의 소식은 물어낼 필요도 없었으나 거리에서 만난 박 서방 입에서 우연히 한 구절 얻어듣게 되었다.

병든 둥글개첩은 기어이 김 영감의 눈을 감춰 최 서기와 줄행랑을 놓았다. 종적을 수색 중이나 아직도 오리무중이라 한다.

사랑방에서 고시랑고시랑 잠을 못 이룰 육십 노인의 꼴이 측은하게 눈에 떠올랐다. 애매한 머슴을 내쫓았음을 뉘우치리라고도 생각되었다. 그러나 중실에게는 물론 다시 살러 들어갈 뜻도, 노인을 위로하고 싶은 친절도 가지기 싫었다.

다만 거리의 살림이라는 것이 더한층 어수선하게 여겨질 뿐이다.

4

　개울가에 냄비를 걸고 서투른 솜씨로 지은 저녁을 마쳤을 때는 밤이 적이 어두웠다.

　깊은 하늘에 별이 총총 돋고 초승달이 나뭇가지를 올가미지웠다.

　새들도 깃들이고 바람도 자고 개울물만이 쫄쫄쫄쫄 숨쉰다. 검은 산등은 잠든 황소다.

　등걸불이 탁탁 튄다. 나뭇잎 타는 냄새가 몸을 휩싸며 구수하다. 불을 쬐며 담배를 피우니 몸이 훈훈하다. 더 바랄 것 없이 마음이 만족스럽다.

　한 가지 욕심이 솟아올랐다.

　밥짓는 일이란 머슴의 할 일이 못 된다. 사내자식은 역시 밭갈고 나무하는 것이 옳은 것이다. 장가를 들려면 이웃집 용녀만한 색시는 없다. 용녀를 데려다 밥일을 맡길 수밖에 없다고 생각하였다.

　용녀를 생각만 하여도 즐겁다. 궁리가 차례차례로 솔솔 풀렸다.

　굵은 나무를 베다 껍질째 도막을 내어 양지쪽에 쌓아 올려 단칸의 조출한 오두막을 짓겠다. 펑퍼짐한 산허리를 일궈 밭을 만들고 봄부터 감자와 귀리를 갈 작정이다. 오랍뜰에 우리를 세우고 염소와 돼지와 닭을 칠 터. 산에서 노루를 산 채로 붙들면 우리 속에 가둬 기르고, 용녀가 집일을 하는 동안에 밭을 가꾸고 나무를 할 것이며, 아이가 나면 소같이 산같이 튼튼하게 자라렷다. 용녀가 만약 말을 안 들으면 밤중에 내려가 가만히 업어올걸. 한번 산에만 들어오면 별수 없지.

불이 거의거의 이스러지고 물소리가 더한층 맑다.

별들이 어지럽게 깜박거린다.

산

달이 다른 나뭇가지에 걸렸다.

나머지 등걸불을 바로 비벼 끄니 골짜기는 더한층 막막하다.

어느 때인지 산속에서는 때도 분별할 수 없다.

자기가 이른지 늦은지도 모르면서 나무 밑 잠자리로 향하였다.

낟가리같이 두두룩하게 쌓인 낙엽 속에 몸을 송두리째 파묻고 얼굴만을 빼꼼히 내놓았다.

몸이 차차 푸근하여 온다.

하늘의 별이 와르르 얼굴 위에 쏟아질 듯 싶게 가까이 왔다 멀어졌다 한다.

별 하나 나 하나, 별 둘 나 둘, 별 셋 나 셋…….

어느 결엔지 별을 세고 있었다. 눈이 아물아물하고 입이 뒤바뀌어 수효가 틀려지면 다시 목소리를 높여 처음부터 고쳐 세곤 하였다. 별 하나 나 하나, 별 둘 나 둘, 별 셋 나 셋……세는 동안에 중실은 제 몸이 스스로 별이 됨을 느꼈다.

수 탉

수 탉

　을손은 요사이 울적한 마음에 닭 시중도 게을리 하게 되었다. 그 알뜰히 기르던 닭들이 도무지 눈에도 들지 않으며 마음을 당기지 못하였다. 모이는 새려 뜰앞을 어른거리는 꼴을 보면 나뭇개비를 집어들게 되었다. 치우지 않는 우리 속은 지저분하기 짝 없다.

　두 마리를 팔면 한 달 수업료가 된다. 우리 안의 수효가 차차 줄어짐이 그다지 애틋한 것은 아니었다. 도리어 제때 가질 운명을 못 가지고 우리 안을 헤매는 한 달 동안의 운명을 벗어난 두 마리의 꼴이 눈에 거슬렸다. 학교에 안 가는 그 한 달 수업료가 늘려진 것이다.

　그 두 마리 중에서도 못난 한 마리의 수탉 —— 가장 초라한 꼴이었다. 허울이 변변치 못한 위에 이웃집 닭과 싸우면 판판이 졌다. 물어 뜯기운 맨드라미에는 언제 보아도 피가 새로이 흘러 있다. 거적눈인 데다 한쪽 다리를 전다. 죽지의 깃이 가지런하지 못하고 꼬리조차 짧았다. 어떤 때면 암탉에게까지 쫓겼다. 수탉 구실을 못하는 수탉이 보기에도 민망하였으나 요사이 와서는 민망한 정도를 넘어 보기 싫은 것이었다. 더구나 한 달의 운명을 우리 안에 더 붙이게 된 것이 을손에게는 밉살스럽고 흉측스럽게 보일 뿐이었다.

수
필

학교에 못 가는 마음이 몹시 답답하였다.

능금을 따고 낙원을 쫓기운 것은 전설이나, 능금을 따다 학원을 쫓기운 것은 현실이다.

농장의 능금은 금단의 과일이었다.

을손은 그 율칙을 어긴 것이다.

동무들의 꼬임에 빠졌다느니보다도 을손 자신이 능금의 유혹에 빠졌던 것이다. 능금은 사치한 욕망이 아니다. 필요한 식욕이었다.

당번은 다섯 명이었다. 누에를 다 올린 후라 별로 할 일 없이 한가하였던 것이 일을 저지른 시초일는지 모른다. 잡담으로 자정이 되기를 기다렸다가 일제히 방을 나가 어둠 속에 몸을 감추고 과수원의 철망을 넘었다.

먹다 남은 것을 아궁이 속에 넣은 것은 감쪽같았으나 마지막 한 개를 방구석 뽕잎 속에 간직한 것이 실책이었다. 이튿날 아침 과수원 속의 발자취가 문제되었을 때 공교롭게도 뽕잎 속의 그 한

개가 발견되었다.

수색의 길은 빤하다. 간밤에 다섯 명의 당번이 차례로 반 담임 앞에 불리우게 되었다.

굳게 언약을 해놓고서도 어느 때나 마찬가지로 그 어디로부터인지 교묘하게 부서진다. 약한 한 사람의 동무의 입에서 기어이 실토가 된 모양이었다. 한 사람씩 거듭 불려 들어갔다.

두 번째 호출이 시작되었을 때 을손은 괴상한 곳에 있었다.

몸이 무거워 그곳에 들어간 것이 아니라 얼마 동안의 귀찮은 시간을 피하려 일부러 그곳을 고른 것이었다.

한 사람이 들어가 간신히 웅크리고 앉았을 만한 네모진 그 좁은 공간 ── 거북스럽기는 하여도 가장 마음 편한 곳도 그곳이었다. 그곳에 앉았으면 마치 바닷물 속에 잠겨 있는 것과도 같이 몸이 거뿐한 까닭이다.

밖 운동장에서는 동무들의 지껄이는 소리, 웃음소리, 닫는 소리에 섞여 공 구르는 가벼운 소리가 쉴 새 없이 흘러와 몸은 그 즐거운 소리를 타고 뜬 것 같다.

을손은 현재 취조를 받고 있을 당번의 동무들과 자신의 형편조차 잊어버리고 유유히 주머니 속에서 담배를 한 개 집어내어 불을 붙였다. 실상인즉 담배도 능금과 같이 금단의 것이었으나 율칙을 어김은 인류의 조상이 끼쳐 준 아름다운 공덕이다. 더구나 그곳에서 한 모금 피우기란 무상의 기쁨이라고 을손은 생각하는 것이었다.

이것도 그곳의 특이한 풍속으로 벽에는 옷을 입지 않을 때의 남녀의 원시적 자태가 유치한 필치로 낙서되어 있다. 간단한 선, 서투른 그림이면서도 그것은 일종의 기쁨이었다.

을손도 알 수 없는 유혹을 받아 주머니 속에서 무딘 연필을 찾아 향기로운 연기를 길게 뿜으면서 상상을 기울여 그림을 그리기 시작하였다.

수
탉

능금을 먹은 뒤에 담배를 피우며 낙서를 하며…… 위반을 거듭하는 동안에 을손은 문득 학교가 싫은 생각이 불현듯이 들었다 —— 가령 학교에서 능금 딴 제자를 문초한 교사가 일단 집에 돌아갔을 때 이웃집 밭의 능금을 딴 어린 아들을 무슨 방법으로 처벌할 것이며, 그 자신 능금을 따던 소년시대를 추억할 때 어떤 감상과 반성이 생길 것인가! 또 혹은 학교에서 절제의 미덕을 가르치는 교사 자신이 불의의 정욕에 빠졌을 때 그 경우는 어떻게 설명하여야 옳을 것인가 —— 마치 십계명을 설교하는 목사 자신이 간음의 죄에 신음하는 것과도 흡사한 그 경우를.

가깝게 생각하여 특수한 과학과 기술을 배워야 그것을 이용할 자신의 농토조차 없는 형편이 아닌가.

변변치 못하다. 초라하다. 적은 보수를 바라 이 굴욕을 받는 것보다는 차라리 좁고 거북한 굴레를 벗어나 아무 데로나 넓은 세상으로 뛰고 싶다.

을손의 생각은 고삐를 놓은 말같이 그칠 바를 몰랐다.

아마도 오래된 듯하다.

하학 종소리가 어지럽게 울렸다.

이튿날 아버지는 단벌의 나들이 두루마기를 입고 학교에 불리웠다.

무기정학의 처분이었다.

아버지는 어안이 벙벙한 모양이었다 —— 정든 아들을 매질할 수도 없었으므로.

을손은 우리 안의 닭을 모조리 홀두드려 팔아가지고 내빼고 싶은 생각이 불같이 났으나 그것도 할 수 없어 빈손으로 집을 떠났다.

이웃 고을을 헤매다가 사흘 만에 다시 집으로 돌아왔다.

밭일도 거들 맥 없이 며칠은 천치같이 보낼 수밖에 없었다.

우리 안의 닭의 무리가 눈에 나보였다. 그 가운데에서도 못난 수탉의 꼴은 한층 초라하다. 고추장에 밥을 비벼 먹여도 이웃집 닭에게 지는 가련한 신세가 보기에도 안타까웠다.

못난 수탉, 내 꼴이 아닌가 —— 을손은 화가 버럭 났다.

한가한 판이라 복녀와는 자주 만날 수는 있는 처지였으나 겸연쩍은 마음에 도리어 주저되었다.

을손의 처분을 복녀는 확실히 좋게 여기지는 않는 눈치였다.

복녀는 의지의 여자였다. 반 년 동안의 원잠종 제조소의 견습을 마친 터이라 오는 봄부터는 면의 잠업 지도생으로 나갈 처지였다. 건듯하면 게을리되는 을손의 공부를 권하여 주고 매질하여

주는 복녀였다. 학교를 마치면 맞들고 벌자는 언약이었으나 을손의 이번 실수가 복녀를 실망시킨 것은 확실하였다. 무능한 사내 —— 복녀에게 이같이 의미 없는 것은 없었다.

하루 저녁 복녀를 찾았을 때 을손에게는 모든 것이 확적히 알렸다.

나온 것은 복녀가 아니요 복녀의 어머니였다.

"앞으론 출입도 피차에 잦지 못하게 될 것을 생각하니 섭섭하기 그지없네."

뜻을 몰라 우두커니 서 있으려니 복녀의 어머니는 말을 이었다.

"기어이 알맞은 사람을 하나 구해 봤네."

천근 같은 무쇠가 등골을 내리쳤다.

"조합에 얌전한 사람이 있다기에 더 캐지도 않고 작정하여 버렸어."

복녀는 찾아볼 생각도 못하고 을손은 허전허전 뛰어나왔다.

"복녀의 뜻일까, 춘향모의 짓일까?"

물을 필요도 없었다.

눈앞이 어둡고 천지가 헐어지는 것 같았다.

며칠 동안은 눈에 아무것도 어리우지 않았다.

앙상한 밤송이 같은 현실.

한 달이 넘어도 학교에서는 복교의 통지도 없다.

저녁때였다.

닭이 우리 안에 들어 각각 잠자리를 차지하였을 때 마을 갔던 수탉이 어슬어슬 돌아왔다.

또 싸운 모양이었다.

찢어진 맨드라미에는 피가 생생하고 퉁겨진 죽지의 깃이 꺼꾸로 뻗쳤다.

다리를 저는 것은 일반이나 걸어오는 방향이 단정치 못하다. 자세히 보니 눈이 한쪽 찌그러진 것이었다. 감긴 눈으로 피가 흘러 털을 물들였다.

참혹한 꼴이었다.

측은한 생각은 금시에 미움의 감정으로 변하였다. 을손은 불 같은 화가 버럭 났다.

그 꼴을 하고 살아서는 무엇해.

살기를 띤 손이 부르르 떨렸다. 손에 잡히는 것을 되구 말구 닭에게 던졌다.

공칙하게도 명중되어 순간 다리를 뻗고 푸득거리는 꼴에서 을손은 시선을 피해 버렸다. 끊었다 이었다 하는 가엾은 비명이 을손의 오장을 뒤흔들어 놓는 듯하였다.

늘

들

1

꽃다지·질경이·나생이·딸장이·민들레·솔구장이·쇠민장이·길요장이·달래·무릇·시금초·씀바귀·돌나물·비름·능쟁이.

들은 온통 초록 전에 덮여 벌써 한 조각의 흙빛도 찾아볼 수 없다. 초록의 바다.

초록은 흙빛보다 찬란하고 눈빛보다 복잡하다. 눈이 보얗게 깔렸을 때에는 흰빛과 능금나무의 자줏빛과 그림자의 옥색빛밖에는 없어 단순하기 옷 벗은 여인의 나체와 같은 것이 —— 봄은 옷 입고 치장한 여인이다.

흙빛에서 초록으로 —— 이 기막힌 신비에 다시 한번 놀라 볼 필요가 없을까! 땅은 어디서 어느 때 그렇게 많은 물감을 먹었기에 봄이 되면 한꺼번에 그것을 이렇게 지천으로 뱉어 놓을까! 바닷물을 고래같이 들이켰던가! 하늘의 푸른 정기를 모르는 결에 함빡 마셔 두었던가! 그것을 빗물에 풀어 시절이 되면 땅 위로 솟쳐 보내는 것일까! 그러나 한 포기의 풀을 뽑아볼 때 잎새만이 푸를 뿐이지 뿌리와 흙에는 아무 물들인 자취도 없음은 웬일일까? 시험관 속 붉은 물에 약품을 넣으면 그것이 금시에 새파랗게 변하는 비밀 —— 그것과도 흡사하다. 이 우주의 비밀의 약품, 그것은 결국 알 바 없을까? 한 톨 보리알이 열 낟으로 나는 이치를 가르치는 이 있어도 그 보리알에서 푸른 잎이 돋는 조화의 동기는 옳게 말하는 이 없는 듯하다.

들

사람의 지혜란 결국 신비의 테두리를 뱅뱅 돌 뿐이요, 조화의 속의 속은 언제까지나 열리지 않는 판도라의 상자일 듯 싶다. 초록풀에 덮이운 땅속의 뜻은 초록옷을 입은 여자의 마음과도 같이 엿볼 수 없는 저 건너 세상이다.

양들양들 나부끼는 초목의 양자(樣姿)는 부드럽게 솟은 음악. 줄기는 굵고 잎은 연한 멜로디의 마디마디이다. 부피 있는 대궁은 나팔 소리요, 가는 가지는 거문고의 음률이라고도 할까! 알레그로가 지나고 안단테에 들어갔을 때의 감동 —— 그것이 봄의 걸음이다. 풀 위에 누워 있으면 은근한 음악의 율동에 끌려 마음이 너볏너볏 나부낀다.

꽃다지 · 질경이 · 민들레……. 가지가지 풋나물들을 뜯어 먹으

면 몸이 초록으로 물들 것 같다. 물들어야 될 것 같다. 물들어야
옳을 것 같다. 물들지 않음이 거짓말이다. 물들지 않으면 안 될
것 같다.

새가 지저귄다. 꾀꼬리일까?

지평선이 아롱거린다.

들은 내 세상이다.

2

언제까지든지 푸른 하늘을 우러러보고 있으면 나중에는 현기증
이 나며 눈이 둘러빠질 듯 싶다. 두 눈을 뽑아서 푸른 물에 채웠
다가 라무네(레모네이드) 병 속의 구슬같이 차진 놈을 다시 살 속
에 박아넣은 것과도 같이 눈망울이 차고 어리어리하고 푸른 듯하
다. 살과는 동떨어진 유리알이다. 그렇게도 하늘은 맑고 멀다. 눈
이 아픈 것은 그 하늘을 발칙하게도 오랫동안 우러러본 벌인 듯
싶다. 확실히 마음이 죄송스럽다. 반나절 동안 두려움 없이 하늘
을 똑바로 쳐다볼 수 있는 사람이란 세상에서도 가장 착한 사람
이거나 그렇지 않으면 가장 용기 있는 악한이어야 할 것이다. 그
렇게도 푸른 하늘은 거룩하다.

눈을 돌리면 눈물이 폭 쏟아진다. 벌판이 새파랗게 물들어 눈앞
에 아물아물한다. 이런 때에는 웬일인지 구름 한 점도 없다. 곁에

는 한 묶음의 꽃이 있다. 오랑캐꽃·고들빼기·노고초·새발고사리·가처무릇·대게·맛탈·차치광이……. 나는 그것들을 섞어 틀어 꽃다발을 겯기 시작한다. 각색 꽃판과 꽃술이 무릎 위에 지천으로 떨어진다. 그것은 헤어지는 석류알보다도 많다…….

나는 들이 언제부터 이렇게 좋아졌는지를 모른다. 지금에는 한 그릇의 밥, 한 권의 책과 똑같은 지위를 마음속에 차지하게 되었다. 책에서 읽은 이론도 아니요, 얻어들은 이치도 아니요, 몇 해 동안 하는 일 없이 들과 벗하고 지내는 동안에 이유도 없이 그것은 산림 속에 푹 젖었던 것이다. 어릴 때에 동무들과 벌판을 헤매며 찔레를 꺾으러 가시덤불 속에 들어가고, 쇠똥버섯을 따다 화로 속에 굽고, 메를 캐러 밭이랑을 들치며 골로 말을 만들어 끌고 다니느라고 집에서보다도 들에서 더 많이 날을 지우던 —— 그때가 다시 부활하여 돌아온 셈이다. 사람은 들과 뗄래야 뗄 수 없는 인연에 있는 것 같다.

자연과 벗하게 됨은 생활에서의 퇴각을 의미하는 것일까? 식물적 애정은 반드시 동물적 애정이 진한 곳에 오는 것일까? 학교를 쫓기우고 서울을 물러오게 된 까닭으로 자연을 사랑하게 된 것일까? 그러나 동무들과 골방에서 만나고, 눈을 기어 거리를 돌아치다 붙들리고, 뛰다 잡히우고 쫓기우고 하였을 때의 열정이나, 지금에 들을 사랑하는 열정이나 일반이다. 지금의 이 기쁨은 그때의 그 기쁨과도 흡사한 것이다. 신념에 목숨을 바치는 영웅이라고 인간 이상이 아닌 것과 같이 들을 사랑하는 졸부라고 인간 이

하는 아닐 것이다. 아직도 굳은 신념을 가지면서 지난날에 보낸 책들을 들척거리다가도 문득 정신을 놓고 의미 없이 하늘을 우러러보는 때가 많다.

"학보, 이제는 고향이 마음에 붙는 모양이지."

마을 사람들은 조롱도 아니요, 치사도 아닌 이런 말을 던지게 되었고 동구 밖에서 만나는 이웃집 머슴은 인사 대신에 흔히,

"해동지 늪에 붕어 떼 많던가?"

고기사냥 갈 궁리를 하거나 그렇지 않으면,

"십리정 보리 고개 숙였던가?"

하고 곡식의 소식을 묻게 되었다.

마을 사람들보다도 내가 더 들과 친하고 곡식의 소식을 잘 알게 된 증거이다.

나는 책을 외우듯이 벌판의 구석구석을 샅샅이 외우고 있다. 마음속에는 들의 지도가 세밀히 박혀 있고 사철의 변화가 표같이 적혀 있다. 나는 들 사람이요, 들은 내 것과도 같다.

어느 논두렁의 청대콩이 가장 진미이며, 어느 이랑의 감자가 제일 굵다는 것을 알 수 있다. 새발고사리가 많이 피어 있는 진펄과, 종달새 뜨는 보리밭을 짐작할 수 있다. 남대천 어느 모퉁이를 돌 때 가장 고기가 흔하다는 것도 알게 되었다. 개리·쇠리·불거지가 득실득실 끓는 여울과, 메기·뚜꾸뱅이가 잠겨 있는 웅덩이와, 쏘가리·꺽지가 누워 있는 바위 밑과, 매재와 고들메기를 잡으려면 철교께서도 몇 마장을 더 올라가야 한다는 것과, 쇠치

네와 기름종개를 뜨려면 얼마나 벌판을 나가야 될 것을 안다. 물 건너 귀룽나무 수풀과, 방칫골 으름덩굴 있는 곳을 아는 것은 아 마도 나뿐일 듯 싶다.

학교를 퇴학맞고 처음으로 도회를 쫓겨내려왔을 때에 첫걸음으로 찾은 곳은 일가집도 아니요, 동무집도 아니요, 실로 이 들이었다. 강가의 사시나무가 제대로 있고, 버들숲 둔덕의 잔디가 헐리우지 않았으며, 과수원의 모습이 그대로 남은 것을 보았을 때의 기쁨이란 형언할 수 없이 큰 것이었다. 고향을 그리워하는 마음이란 곧 산천을 사랑하고 벌판을 반가워하는 심정이 아닐까! 이런 자연의 풍물을 내놓고야 고향의 그림자가 어디에 알뜰히 남아 있는가! 헐리어 가는 초가지붕에 남아 있단 말인가! 고향을 꾸미는 것은 사람이면서도 그리운 것은 더 많이 들과 시냇물이다.

들

3

시절은 만물을 허랑하게 만드는 듯하다.

짐승은 드러내놓고 모든 것을 들의 품속에 맡긴다.

새 풀숲에서 새둥우리를 발견한 것을 나는 알 수 없이 기쁘게 여겼다. 거룩한 것을, 아름다운 것을 찾은 느낌이다. 집과 가족들을 송두리째 안심하고 땅에 맡기는 마음씨가 거룩하다. 풀과 깃을 모아 두툼하게 결은 둥우리 안에는 아직까지 안은 알이 너덧 알 들어 있다. 아롱아롱 줄이 선 풋대추만큼씩한 새알! 막 뛰어나오려는 생명을 침착하게 간직하고 있는 얇은 껍질 —— 금시에 딸깍 두 조각으로 깨뜨려질 모태 —— 창조의 보금자리!

그 고요한 보금자리가 행여나 놀래고 어지럽혀질까를 두려워하여 둥우리 기슭에 손가락 하나 대기조차 주저되어 나는 다만 한참 동안이나 물끄러미 바라보고 섰다가 풀포기를 제대로 덮어놓고 감쪽같이 발을 옮겨놓았다. 금시에 알이 쪼개지며 생명이 돋아날 듯 싶다. 등뒤에서 새가 푸드득 날아들 것 같다. 적막을 깨뜨리고 하늘과 들을 놀래키며 푸드득 날았다! 생각에 마음이 즐겁다.

그렇게 늦게 까는 것이 무슨 새일까? 청새일까? 덤불지일까? 고요하게 뛰노는 기쁜 마음을 걷잡을 수 없어 목소리를 내서 노래라도 부를까 느끼며 둑 아래로 발을 옮겨놓으려다 문득 주춤하고 서 버렸다.

맹랑한 것이 눈에 띤 까닭이다. 껄껄 웃고 싶은 것을 참고 풀 위에 주저앉았다. 그 웃고 싶은 마음은 노래라도 부르고 싶던 마음의 연장인지도 모른다. 다시 말하면 그 맹랑한 풍경이 나의 마음을 결코 노엽히거나 모욕한 것이 아니요, 도리어 아까와 똑같은 기쁨을 자아내게 한 것이다. 일반으로 창조의 기쁨을 보여 준 것이다.

개울녘 풀밭에서 한 자웅의 개가 장난치고 있는 것이다. 하늘을 겁내지 않고, 들을 부끄러워하지 않고, 사람의 눈을 꺼리는 법 없이 자웅은 터놓고 마음의 자유를 표현할 뿐이다. 부끄러운 것은 도리어 이쪽이다. 나는 얼굴을 붉히면서 대중없이 오랫동안 그 요절할 광경을 바라보기가 몹시도 겸연쩍었다. 확실히 시절의 탓이다. 가령 추운 겨울 벌판에서 나는 그런 장난을 목격한 일이 없다. 역시 들이 푸를 때, 새가 늦은 알을 깔 때 자웅도 농탕치는 것이다. 나는 그 광경을 성내어서는, 비웃어서는 안 되었다.

들

보고 있는 동안에 어디서부터인지 자웅에게로 돌멩이가 날아들었다. 킬킬킬킬 웃음소리가 나며 두 번째 것이 날았다. 가뜩이나 몸이 떨어지지 않는 자웅은 그제서야 겁을 먹고 흘금흘금 눈을 굴리며 어색한 걸음으로 주체스런 두 몸을 비틀거렸다. 나는 나 이외에 그 광경을 그때까지 은근히 바라보고 있던 한 사람이 부근에 숨어 있음을 비로소 알고 더한층 부끄러운 생각이 와락 나며, 숨도 크게 못 쉬고 인기척을 죽이고 잠자코만 있을 수밖에는 없었다.

세 번째 돌멩이가 날리더니 이윽고 호담스런 웃음소리가 왈칵 터지며 아래편 숲속에서 사람의 그림자가 덥석 뛰어나왔다. 빨래 함지를 인 채 한 손으로는 연해 자웅을 쫓으면서 어깨를 떨며 웃음을 금할 수 없다는 자세였다.

그 돌연한 인물에 나는 놀랐다. 한편 응겼던 마음이 풀리기도 하였다. 옥분이었다. 빨래를 하고 나자 그 광경임에 마음속은 미리 흠뻑 그것을 즐기고 난 뒤인 모양이었다. 그러나 나의 놀람보다도 옥분이가 문득 나를 보았을 때의 놀람, 그것은 몇 갑절 더 큰 것이었다. 별안간 웃음을 뚝 그치고 주춤 서는 서슬에 머리에 이었던 함지가 왈칵 떨어질 판이었다. 얼굴의 표정이 삽시간에 검붉게 질려 굳어졌다. 눈알이 땅을 향하고, 한편 손이 어쩔 줄 몰라 행주치마를 의미 없이 꼬깃거렸다.

별안간 깊은 구렁에 빠진 것과도 같은 그의 궁착한 처지와 덴 마음을 건져 주기 위하여 나는 마음에도 없는 목소리를 일부러 자아내어 관대한 웃음을 한바탕 웃으면서 그의 곁으로 내려갔다.

"빌어먹을 짐승들."

마음에도 없는 책망이었으나 옥분의 마음을 풀어주자는 뜻이었다.

"득추녀석쯤이 너를 싫달 법 있니. 주제넘은 녀석."

이어 다짜고짜로 그의 일신의 이야기를 집어낸 것은 그의 주의를 다른 곳으로 돌리자는 생각이었다. 군청 고원 득추는 일껏 옥분과 성혼이 된 것을 이제 와서 마다고 투정을 내고 다른 감을 구하였다. 옥분의 가세가 빈한하여 들고날 판이므로 혼인한 뒤에 닥쳐올 여러 가지 귀찮은 거래를 염려하여 파혼한 것이 확실하다. 득추의 그런 꾀바른 마음씨를 나무라는 것은 나뿐이 아니었다. 마을 사람들은 거개 고원의 불신을 책하였다.

"배반을 당하고 분하지도 않으냐?"

"모른다."

옥분은 도리어 짜증을 내며 발을 떼놓았다.

"그녀석 한번 혼내 줄까?"

웬일인지 그에게로 쏠리는 동정을 금할 수 없다.

"쓸데없는 짓 할 것 있니?"

동정의 눈치를 알면서도 시치미를 떼는 옥분의 마음씨에는 말할 수 없이 그윽한 것이 있어 그것이 은연중에 마음을 당긴다.

눈앞에 멀어지는 그의 민출한 자태가 가슴속에 새겨진다. 검은 치마폭 밑으로 드러난 불그레한 늠춧한 두 다리는 자작나무보다도 더 아름다운 것 —— 헐벗기 때문에 한결 빛나는 것 —— 세상에도 가지고 싶은 탐나는 것이다.

둘

4

일요일인 까닭에 오래간만에 문수와 함께 둑 위에서 하루를 보낼 수 있었다. 날마다 거리의 학교에 가야 하는 그를 자주 붙들어 낼 수는 없다. 일요일이 없는 나에게도 일요일이 있는 것이다.

바다를 바라볼 수 있는 둑에 오르면 마음이 활짝 열리는 듯이 시원하다. 바닷바람이 아직 조금 차기는 하나 신선한 맛이다. 잔디밭에는 간간이 피지 않은 해당화 봉오리가 조촐하게 섞였으며, 둑 맞은편에 군데군데 모여선 백양나무 잎새가 햇빛에 반짝반짝 나부껴 은가루를 뿌린 것 같다.

문수는 빌려갔던 몇 권의 책을 돌려주고 표해 두었던 몇 구절의 뜻을 질문하였다. 나는 그에게 하루의 선배인 것이다. 돈독하게 띵겨주는 것이 즐거운 의무도 되었다.

공부가 끝난 다음 책을 덮어 두고 잡담에 들어갔을 때에 문수는 탄식하는 어조였다.

"학교가 절절 틀려가는 모양이다."

구체적 실례를 가지가지 들고 나중에는 그 한 사람의 협착한 처지를 말하였다.

"책 읽는 것까지 들켰네. 자네 책도 빼앗길 뻔했어."

짐작되었다.

"나와 사귀는 것이 불리하지 않은가?"

"자네 걸은 길대로 되어나가는 것이 뻔하지. 차라리 그 편이 시원하겠네."

너무 궁박한 현실 이야기만도 멋없어 두 사람은 무릎을 툭 털고 일어나서 기분을 가다듬고 노래를 불렀다. 아는 말 아는 곡조를 모조리 불렀다.

노래가 진하면 번갈아 서서 연설을 하였다. 눈앞에 수많은 대중을 가상하고 목소리를 다하여 부르짖어 본다. 바닷물이 수물거리나 어쩌나, 새들이 놀라서 떨어지나 어쩌나를 시험하려는 듯이도 높게 고함쳐 본다. 박수하는 사람은 수만의 대중 대신 한 사람의 동무일 뿐이나 지껄이는 동안에 정신이 흥분되고 통쾌하여 간다. 훌륭한 공부 이외 단련이다.

협착한 땅 위에 그렇게 자유로운 벌판이 있음이 새삼스러운 놀람이다. 아무리 자유로운 말을 외쳐도 거기에서만은 '중지'를 당하는 법이 없으니까 말이다. 땅 위는 좁으면서도 넓은 셈인가!

둑은 속 풀리는 시원한 곳이며, 문수와 보내는 하루는 언제든지 다시없이 즐거운 날이다.

5

둘

과수원 철망 너머로 엿보이는 철늦은 딸기 —— 잎새 사이로 불긋불긋 돋아난 송이 굵은 양딸기 —— 지날 때마다 건강한 식욕을 참을 수 없다. 더구나 달빛에 젖은 딸기의 양자란 마치 크림을 끼얹은 것과도 같이 한층 부드럽게 빛난다.

탐나는 열매에 눈독을 보내며 철망을 넘기에 나는 반드시 가책과 반성으로 모질게 마음을 매질하지는 않았으며 그럴 필요도 없었다. 그것이 누구의 과수원이든 간에 철망을 넘는 것은 차라리 들 사람의 일종의 성격이 아닐까?

들 사람은 또 한편 그것을 용납하고 묵인하는 아량도 가지고 있는 것이다. 나는 몇 해 동안에 완전히 이 야취의 성격을 얻어 버린 것 같다.

흐뭇한 송이를 정신없이 따서 입에 넣으면서도 철망 밖에서 다만 탐내고 보기만 할 때보다 한층 높은 감동을 느끼지 못하게 됨은 도리어 웬일일까? 입의 감동이 눈의 감동보다 떨어지는 탓일까? 생각만 할 때의 감동이 실상 당하였을 때의 감동보다 항용 더 나은 까닭일까? 나의 욕심을 만족시키기에는 불과 몇 송이의 딸기가 필요할 뿐이었다. 차라리 벌판에 지천으로 열려 언제든지 딸 수 있는 들딸기 편이 과수원 안의 양딸기보다 나음을 생각하며 나는 다시 철망을 넘었다.

멍석딸기 · 줄딸기 · 장딸기 · 나무딸기 · 감대딸기 · 곰딸기 · 닷딸기 · 뱀딸기…….

능금나무 그늘에 난데없는 사람의 그림자를 발견하자 황급히 뛰어넘다 철망에 걸려 나는 옷을 찢었다. 그러나 옷보다도 행여 들키지나 않았나 하는 염려가 앞서 허둥허둥 풀속을 뛰다가 또 공교롭게도 그가 옥분임을 알고 마음이 일시에 턱 놓였다. 그 역시 딸기밭을 노리고 있던 터가 아닐까? 철망 기슭을 기웃거리며 능금나무 아래 몸을 간직하고 있지 않던가!

언젠가 개천 둑에서 기묘하게 만난 후 두 번째의 공교로운 만남임을 이상하게 여기고 있는 동안에 마음이 퍽으나 헐하게 놓여졌다. 가까이 가서 시룽시룽 말을 건 것도 그리 어색하지 않고 도리어 자연스러웠다. 그 역시 시스러워하지 않고 수월하게 말을 받고 대답하고 하였다. 전날의 기묘한 만남이 확실히 두 사람의 마음을 방긋이 열어놓은 것 같다.

"딸기 따 줄까?"

"무서워."

그의 떨리는 목소리가 왜 그리도 나의 마음을 끌었는지 모른다. 나는 떨리는 그의 팔을 붙들고 풀밭을 지나 버드나무 숲속으로 들어갔다. 그의 입술은 딸기보다도 더 붉다. 확실히 그는 딸기 이상의 유혹이었다.

"무서워."

"무섭긴."

하고 달래기는 하였으나 기실 딸기를 훔치러 철망을 넘을 때와 똑같이 가슴이 후둑후둑 떨림을 어쩌는 수 없었다. 버드나무 잎새 사이로 달빛이 가늘게 새어들었다. 옥분은 굳이 거역하려고 하지 않았다.

양딸기 맛이 아니요, 확실히 들딸기 맛이었다. 멍석딸기·나무딸기의 신선한 감각에 마음은 흐뭇이 찼다.

아무리 야취의 습관에 젖었기로 철망 너머 딸기를 딸 때와 일반으로 아무 가책도 반성도 없었던가! 벌판서 장난치던 한 자웅의 짐승과 일반이 아닌가! 그것이 바른가, 그래서 옳을까 하는 한 줄기의 곧은 생각이 한결같이 뻗쳐오름을 억제할 수는 없었다. 결국 마지막 판단은 누가 옳게 내릴 수 있을까?

6

며칠이 지나도 여전히 귀찮은 생각이 머리 속에 뱅 돈다. 어수선한 마음을 활짝 씻어 버릴 양으로 아침부터 그물을 들고 집을 나섰다.

그물을 후릴 곳을 찾으면서 남대천 물줄기를 따라 올라간 것이 시적시적 걷는 동안에 어느덧 철교께서도 근 십 리를 올라가게 되었다. 아무 고기나 닥치는 대로 잡으려던 것이 그렇게 되고 보니 불현듯이 고들메기를 후려볼 욕심이 솟았다.

고기사냥 중에서도 가장 운치 있고 흥 있는 고들메기 사냥에 나는 몇 번인지 성공한 일이 있어 그 호젓한 멋을 잘 안다. 그중 많이 모여 있을 듯이 보이는 그럴 듯한 여울을 점쳐 첫 그물을 던져 보기로 하였다.

산속에 오막하게 둘러싸인 개울, 물도 맑거니와 물소리도 맑다. 돌을 굴리는 여울 소리가 티끌 한 점 있을 리 없는 공기와 초목을 영롱하게 울린다. 물 속에서 노는 고기는 산신령이나 아닐까!

옷을 활짝 벗어붙이고 그물을 메고 물 속에 뛰어들었다. 넉넉히 목욕할 시절임에도 워낙 산골물이라 뼈에 차다. 마음이 한꺼번에 씻겨졌다기보다도 도리어 얼어붙을 지경이다. 며칠내로 내려오던 어수선한 생각이 확실히 덜해지고 날아갔다고 할까. 그러나 그러면서도 마지막 한 가지 생각이 아직도 철사같이 가늘게 꿰뚫고 흐름을 속일 수는 없었다.

'사람의 사이란 그렇게 수월할까?'

옥분과의 그날 밤 인연이 어처구니없게 쉽사리 맺어진 것이 도리어 의심쩍은 것이었다. 아무 마음의 거래도 없던 것이 달빛과 딸기의 꼬임을 받아 그때 그 자리에서 금방 응낙이 되다니. 항용 거기에 이르기까지의 두 사람의 마음의 교섭이란 이야기 속에서 읽을 때에는 기막히게 장황하고 지리한 것이었는데 그것이 그렇게 수월할 리 있을까? 들 복판에서는 수월한 법일까?

'책임 문제는 생기지 않는가?'

생각은 다시 솔솔 풀린다. 물이 찰수록 생각도 점점 차게만 들어간다.

물이 다리목을 넘게 되었을 때 그쯤에서 한 훌기 던져보려고 그물을 펴들고 물 속을 가늠해 보았다. 속 물이 꽤 세어 다리를 훌친다. 물때 낀 돌멩이가 몹시 미끄러워 마음대로 발을 디딜 수 없다. 누르칙칙한 물 속이 정확히 보이지 않는다. 몇 걸음 아래편은 바위요, 바위 아래는 소가 되어 있다.

그물을 던질 때의 호흡이란 마치 활을 쏠 때의 그것과도 같이 미묘한 것이어서 일종의 통일된 정신과 긴장된 자세를 요구하는 것임을 나는 경험으로 잘 안다. 그러면서도 그때 자칫하여 기어이 실수를 하게 된 것은 필시 던지는 찰나까지도 통일되지 못한 마음이 어수선하고 정신이 까딱거렸음이 확실하다.

몸이 휘뚱하고 휘더니 휭하게 날아야 할 그물이 물위에 떨어지자 어지럽게 흩어졌다. 발이 미끄러져서 센 물결에 다리가 쏠리니까 그물은 손을 빠져 달아났다. 물 속에 넘어져 흐르는 몸을 아무리 버둥거려야 곧추 일으키는 장사 없었다. 생각하면 기가 막히나 별수 없이 몸은 흐를 대로 흐르고야 말았다. 바위에 부딪혀 기어이 소에 빠졌다. 거품을 날리는 폭포 속에 송두리째 푹 잠겼다가 휘엿이 솟으면서 푸른 물 속을 뱅 돌았다. 요행 헤엄의 습득이 약간 있던 까닭에 많은 고생 없이 허부적거리고 소를 벗어날 수는 있었다.

면상과 어깻죽지에 몇 군데 상처가 있었다. 피가 돋았다. 다리에는 군데군데 시퍼렇게 멍이 들어 있음을 보았다. 잃어버린 그물은 어느 줄기에 묻혀 흐르는지 알 바도 없거니와 찾을 용기도 없었다. 고들메기는 물론 한 마리도 손에 쥐어 보지 못하였다.

귀가 메이고 코에서는 켰던 물이 줄줄 흘렀다. 우연히 욕을 당하게 된 몸뚱어리를 훑어보며 나는 알 수 없는 부끄러움을 느꼈다. 별안간 옥분의 몸이, 향기가 눈앞에 흘러왔다. 비밀을 가진 나의 몸이 다시 돌려보이며 한동안 부끄러운 생각이 쉽게 꺼지지 않았다.

7

문수는 기어이 학교를 쫓겨났다. 기한 없는 정학 처분이었으나 영영 몰려난 것과 같은 결과이다. 덕분에 나도 빌려 주었던 책권을 영영 빼앗긴 셈이 되었다.

차라리 시원하다고 문수는 거드름부렸으나 시원하지 않은 것은 그의 집안 사람들이다. 들볶는 바람에 그는 집을 피하여 더 많이 나와 지내게 되었다. 원망의 물줄기는 나에게까지 튀어왔다. 나는 애매하게도 그를 타락시켜 놓은 안된 놈으로 몰릴 수밖에는 없다.

별수 없이 나날을 들과 벗하게 되었다. 나는 좋은 들의 동무를 얻은 셈이다.

풀밭에 서면 경주를 하고, 시냇가에 서면 납작한 돌을 집어 물 위에 수제비를 뜨기가 일쑤다. 돌을 힘껏 던져 그것이 물위를 뛰어가는 뜀수를 세는 것이다. 하나 둘 셋 넷 다섯 여섯 일곱 여덟이 최고 기록이다. 돌은 굴러갈수록 걸음이 좁아지고 빨라지다 나중에는 깜박 물 속에 꺼진다. 기차가 차차 멀어지고 작아지다 산모퉁이에 깜박 사라지는 것과도 같다. 재미있는 장난이다. 나는 몇 번이고 싫지 않게 돌을 집어 시험하는 것이었다.

팔이 축 처지게 되면 다시 기운을 내어 모래밭에 겨루고 서서 씨름을 한다. 힘이 비등하여 승패가 상반이다. 떠밀기도 하고, 샅바 씨름도 하고, 잡아나꾸기도 하고 —— 다리걸이·딴죽치기 —— 기술도 차차 늘어가는 것 같다.

"세상에서 제일 장하고, 제일 크고, 제일 아름답고, 제일 훌륭하고, 제일 바른 것이 무엇이냐?"

되고 말고 수수께끼를 걸고,

"힘이다!"

라고 껄껄껄껄 웃으면 오장육부가 물에 헤운 듯이 시원한 것이다. 힘! 무슨 힘이든지 좋다. 씨름을 해가는 동안에 우리는 힘에 대한 인식을 한층 더 새롭혀 갔다. 조직의 힘도 장하거니와 그것을 꾸미는 한 사람의 힘이 크다면 더 한층 아름다운 것이 아닐까!

8

문수와 천렵을 나섰다.

그물을 잃은 나는 하는 수 없이 족대를 들고 쇠치네 사냥을 하러 시냇물을 훑어 내려갔다.

벌판에 냄비를 걸고 뜬 고기를 끓이고 밥을 지었다.

먹을 것이 거의 준비되었을 때 더운 판에 목욕을 들어갔다.

땀을 씻고 때를 밀고는 깊은 곳에 들어가 물장구와 가댁질이다. 어린아이 그대로의 순진한 마음이 방울방울 날리는 물방울과 함께 맑은 하늘을 휘덮었다가는 쏟아지는 것이다.

물가에 나와 얼굴을 씻고 물을 들일 때에 문수는 다가,

"어깨의 상처가 웬일인가."

하고 나의 어깨의 군데군데를 가리켰다. 나는 뜨끔하면서 그때까지 완전히 잊고 있던 고들메기 사냥과 거기에 관련된 옥분과의 일건이 생각났다.

어떻게 할까 망설이다가 그에게까지 기일 바 못 되어 기어이 고기잡이 이야기와 따라서 옥분과의 곡절을 은연중 귀띔하여 주게 되었다.

이상한 것은 그의 태도였다.

"명예의 부상일세그려."

놀리고는 걱실걱실 웃는 것이다.

웃다가 문득 그치더니,

"이왕 말이 났으니 나도 내 비밀을 게울 수밖에는 없게 되었네그려."

정색하고 말을 풀어냈다.

"옥분이, 나도 그와는 남이 아니야."

어안이 벙벙한 나의 어깨를 치며,

"생각하면 득추와 파혼한 후부터는 달뜬 마음이 허랑해진 모양이데. 일종의 자포자기야. 죽일 놈은 득추지. 옥분의 형편이 가엾기는 해."

나에게는 이상한 감정이 솟아올랐다. 문수에게 대하여 노염과 질투를 느끼는 대신에 —— 도리어 일종의 안심과 감사를 느낀 것이었다. 괴롭던 책임이 모면된 것 같고 무거운 짐을 벗어놓은 듯이도 감정이 가벼워지고 응겼던 마음이 풀리는 것이다. 이것은 교활하고 악한 마음보일까? 그러나 나를 단 한 사람으로 생각하지 않는 옥분의 허랑한 태도에 해결의 열쇠는 있다. 그의 태도가 마지막 책임을 져야 될 터이니까.

"왜 말이 없나. 거짓말로 알아듣나? 자네가 버드나무 숲에서 만났다면 나는 풀밭에서 만났네."

여전히 잠자코만 있으면서 나는 속으로 한결같이 들의 성격과 마술과도 같은 자연의 매력이라는 것을 생각하였다.

얼마나 이야기가 장황하였던지 밥 타는 냄새가 코를 찔렀다.

9

무더운 날이 계속된다.

이런 때 마을은 더한층 지내기 어렵고 역시 들이 한결 낫다.

낮은 낮으로 해두고 밤을 —— 하룻밤을 온전히 들에서 보낸 적이 없다.

우리는 의논하고 하룻밤을 들에서 야영하기로 하였다.

들의 밤은 두려운 것일까? 이런 의문도 있었기 때문이다.

이왕 의가 통한 후이니 이후로는 옥분이도 데려다가 세 사람이 일단의 '들의 아들'이 되었으면 하는 문수의 의견이었으나 나는 그것을 일종의 악취미라고 배척하였다. 과거의 피차 정의는 정의로 하여 두고 단체 생활에는 역시 두 사람이 적당하며, 수효가 셋이면 어떤 경우에든지 반드시 기울고 불안정하다는 의견을 가지고 있기 때문이다. 그러나 그것도 결국 나의 야성이 철저치 못한 까닭이 아닐까?

어떻든 두 사람은 들 복판에서 해를 넘기고 어둡기를 기다리고 밤을 맞이하였다.

불을 피우고 이야기하였다.

이야기가 장황하기 때문에 불이 마저 스러질 때에는 마을의 등불도 벌써 다 꺼지고 개 짖는 소리도 수습된 뒤였다. 별만이 깜박거리고 바다 소리가 은은할 뿐이다.

어둠은 깊고 넓고 무한하다.

창조 이전, 혼돈의 세계는 이러하였을까?

무한한 적막, 지구의 자전, 공전의 소리도 들리지 않는 것이다.

공포, 두려움이란 어디서 오는 감정일까?

어둠에서도 적막에서도 오지는 않는다.

우리는 일부러 두려운 이야기, 무서운 이야기로 마음을 떠보았
으나 이렇듯한 새삼스러운 공포의 감정이라는 것은 솟지 않았다.

위에는 하늘이요, 아래는 풀이요 —— 주위에 어둠이 있을 뿐이
지 모두가 결국 낮 동안의 계속이요, 연장이다. 몸에 소름이 돋는
법도, 마음이 떨리는 법도 없다.

서로 눈만 말똥거리다가 피곤하여 어느 결엔지 잠이 들어 버렸
다.

단잠을 깨었을 때는 아침 해가 높은 후였다.

야영의 밤은 시원하였을 뿐이요, 공포의 새는 결국 잡지 못하였
다.

10

그러나 공포는 왔다.

그것은 들에서 온 것이 아니요, 마을에서, 사람에게서 왔다.

공포를 만드는 것은 자연이 아니요, 사람의 사회인 듯 싶다.

문수가 돌연히 끌려간 것이다.

학교 사건의 뒷맺이인 듯하다.

이어 나도 들어가게 되었다.

나 혼자에 대하여, 혹은 문수와 관련되어 여러 가지 질문을 받았다.

사흘 밤을 지우고 쉽게 나왔으나 문수는 소식이 없다. 오랠 것 같다.

여러 가지 재미있는 여름의 계획도 세웠으나 혼자서는 하릴없다.

가졌던 동무를 잃었을 때의 고독이란 큰 것이다.

들에서 무료히 지내는 날이 많다.

심심파적으로 옥분을 데려올까도 생각되나 여러 가지로 거리끼고 주체스런 일이다. 깨끗한 것이 좋을 것 같다.

별수 없이 녀석이 하루라도 속히 나오기를 충심으로 바랄 뿐이다.

나오거든 풋콩을 실컷 구워먹이고, 기름종개를 많이 떠먹이고, 씨름해서 몸을 불려 줄 작정이다.

들에는 도라지꽃이 피고 개나리꽃이 장하다.

진펄의 새발고사리도 어느덧 활짝 피었다.

해오라기가 가끔 조촐한 자태로 물가에 내린다.

시절이 무르녹았다.

석 류

석류(石榴)

1

혀끝에 뱅뱅 돌면서도 쉽사리 무엇인지를 생각해 볼 수 없는 맛과도 흡사하다.

이윽고 석류였음을 깨달았을 때 재희의 마음은 무지개를 본 듯이 뛰놀았다. 옛 병풍 속의 석류의 그림이 기억 속에 소생되어 때를 주름잡고 눈앞에 떠올랐다. 어디서 흘러오는지도 모르게 그윽하게 코끝을 채이는 그리운 옛 향기! 약 그릇이 놓이고 어머니가 앉았고 머리맡에 병풍이 둘러져 있었다. 약 향기가 어머니의 근심스런 얼굴에 서리었고 병풍 속 나무에 석류가 귀하였다. 익은 송이는 방긋이 벌어져 붉은 알이 엿보이고 익으려는 송이는 막 열리려고 살에 금이 갔다.

그런 송이는 어린 기억과 같이 부끄러웠다.

오랫동안 까닭도 없이 몸이 고달프던 것이 이틀 전 학교도 파하기 전에 별안간 허리가 아프기 시작하였다. 숙성한 채봉이란 년이 너 몸 이상스럽지 않느냐 하며 꾀바르게 비밀한 곳을 튕겨주었다.

웅크리고 앉아 있는 동안에 견딜 수 없이 배가 훑쳤다. 두려운 생각이 번쩍 들어 책보도 교실에 버린 채 집으로 돌아왔다. 밤에 잠자리에서 옷을 말아내고 어머니 앞에 얼굴을 쳐들 수 없었다. 버들 같은 체질을 걱정하여 어머니는 간호의 시중이 극진하였다. 인생은 웬일인지 서글픈 것이었다.

예나 이제나 일반이다. 지금에는 어머니도 없고 머리맡에 병풍도 석류도 없다. 옛날을 그리워하는 생각만이 아름답다. 석류는 그윽한 향기다. 향기는 구름같이 잡을 수 없고 꺼지기 쉬운 안타까운 자취! 눈물이 돌았다. 가슴이 뻐근히 저리는 동안에 무지개는 꺼지고 석류는 단걸음에 옛날로 돌아가 버렸다. 애달픈 생각에 골이 아프고 신열이 높아졌다. 머리맡에 약이 쓰다. 약도 옛날 것이 한결 향기로웠던 것이다.

체온계를 겨드랑에 끼운 채 홀연히 잠이 들었다. 눈초리에 눈물 자취가 어지러운 지도를 그렸다.

그런 수도 있을까?

석류(石榴)

2

    꿈이나 아닌가 하여 재희는 이야기책을 다시 들었다. 한편의 자서전적 소설이 그를 놀라게 하였다. 소설가 준보는 바로 학교 때의 그 아이가 아니었던가! 소설 속의 이야기는 바로 그들의 어릴 때 일이 아니었던가! 무지개를 본 듯이 마음이 뛰놀았다. 현혹한 느낌에 가슴이 산란하다.

    소년은 동무들의 놀림을 부당하다고 생각하였다. 소문이 높아지면 높아질수록 소녀와의 거리는 도리어 떨어지는 것 같았다. 소년이 비석을 칠 때에는 소녀의 그림자는 안 보였고, 소녀가 자세를 받을 때에는 소년은 그 거리를 물러났다. 느티나무 아래에서 술래잡기를 할 때에도 두 사람의 자태는 빛과 그림자같이 서로 어긋났다. 결국 손목 한 번 탐탁하게 못 쥐어보고 소년은 점점 고집스러워만 졌다. 쥐알봉수가 소녀에게는 도리어 가깝게 어른거렸다. 소락소락 말을 걸고 손을 쥐고 하는 것을 소년은 무척 부러워하고 미워하였다. 그렇게 못하는 자기의 고집스러운 성질을 슬퍼하면서 동무들의 부당한 놀림을 억울하게 여길 뿐이었다.

    재희가 준보에게 터놓고 다정히 못 굴었음을 뉘우치게 된 것은 그와 작별한 후였다. 채봉이가 자연스럽게 준보를 위함을 알고 마음이 편편치 못하였으나 그와 떨어지고 보니 그것도 쓸데없는 걱정임을 깨달았다.

준보를 마지막으로 본 것은 결국 느티나무 밑이었다. 몸에 급작스러운 변화가 와서 어머니 앞에 부끄러운 생각을 하고 누워 있는 동안에 준보도 고달픈 병으로 학교를 쉬었다. 명예로운 졸업식에도 참가하지 못하고 준보는 병에서 일어나자 바로 서울로 공부를 떠난 까닭이었다.

그를 그리워하는 마음이 불현듯이 솟았다.

재희네 집안이 사정에 따라 서울로 옮겨 앉고 따라서 재희가 웃학교에 들게 된 것은 여러 해 후였으나 준보의 자태는 늘 마음속에 꿈결같이 뚜렷하였다. 그러나 오늘 소설가로서 눈에 띌 줄은 추측하지 못하였다.

병석에 눕게 된 오늘의 재희에게는 준보의 출현은 그 무슨 묵시와도 같다.

생각에 마음이 산란하고 피곤하여졌다.

이야기책을 덮고 눈을 감았다. 문득 생각이 나서 준보의 자태가 있는 학교 때의 옛 사진을 찾아낼까 하다가 귀찮은 심사에 단념하였다.

석류(石榴)

3

사치한 생각으로가 아니라 재희에게는 실질적으로 결혼이 불행하였다.

준보와는 대차적이던 옛날의 쥐알봉수와도 같은 성격의 사람을 구하게 된 것부터가 뼈저린 착오였다. 은행원이었다. 어머니를 여의고 그 위에 경영하던 회사에 파산까지 당한 불여의의 아버지를 위로하기 위하여 그의 뜻에만 소경같이 좇은 것이 비극의 시초였을까.

결혼은 글자대로 무덤이었다. 뒤넘군은 무덤 같은 커다란 뽐침을 가정에 남겨 놓고 자취를 감추었다. 논실례를 차린 것도 개차반의 짓이었으나 더욱 거쿨진 것은 은행의 금고를 연 것이었다. 그의 실종은 해를 넘어도 자취가 아득하였다.

재희는 당초의 그의 무의지를 뉘우쳤다. 할 일 없는 시가에 더 있을 수도 없어 친가로 돌아오기는 왔으나.

더구나 친가에서는 하는 수도 없어 한 번 물러섰던 학교에서 다시 생활을 구하게 되었다. 학교는 꿈의 보금자리였다. 소년과 소녀들의 자태 속에 옛날의 그들의 모양을 비추어 볼 수 있음으로였다. 그림자 속에서 타는 가느다란 촛불의 청춘이라고 할까!

아버지는 쓸쓸한 집안에서 돌부처같이 침묵하였다.

반백의 머리에 턱에 주름살이 접히고 온종일 늙은 앵무만큼도 말이 적고 서툴렀다. 돌같이 표정이 없고 차다.

개차반의 소행에 대하여서조차 한마디의 책도 없었다. 모든 것을 긍정하고 굽어만 보는 '조물주'의 의지와도 같이 엄연하였다. 하기는 개차반을 나무랄 처지가 못 되는 까닭이었을까? 그 자신 방불한 길을 걸어왔으니까.

4

재희의 인생의 기억은 네 살부터 시작되었다.

서울로 달아난 아버지는 네 해를 넘어도 돌아오지 않았다. 공부를 칭탁함이었으나 어지러운 소문에 어머니는 기어이 뒤를 쫓기를 결심하였다. 물론 공방을 지킴을 측은히 여겨 시가 편에서 떼어준 것이었다. 좁은 가마 속에 재희도 같이 앉아 반 천릿길의 서울길을 서쪽으로 서쪽으로 여러 날이나 흔들렸다.

철교 없는 한강을 쪽배로 건넜다. 귀융배로 나일강을 건너는 격이었을까!

모든 것이 이끼 속에 묻혀 전설과 같이도 멀다 —— 가마이며 쪽배이며.

학교를 마치고 벼슬을 얻은 아버지는 깨끗하게 닦아 놓은 도읍 사람이었다. 포천집과 젊은 꿈속에 있는 그에게 그들의 도착은 큰 놀람이었다.

포천집 폭살에 모처럼의 서울도 재희 모녀에게는 가시밭이었다. 주일의 예배당을 찾아 아름다운 찬미가 속에 위안을 발견하는 모녀였다. 담배 심부름을 나갔다가 한길에서 뱀 잡아 든 것을 보고 가엾은 짐승의 기괴한 아름다움에 취하여 정신없이 서 있는 재희였다.

공부 온 먼촌 일가의 국현이가 때때로 군밤을 가지고 와서 재희

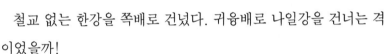

서 류(石榴)

의 마음을 기쁘게 하였다. 인자한 국현이의 무릎 위와 따뜻한 군밤과 ── 재희의 전기 속의 축복된 부분이요 아름다운 한 페이지였다.

그러나 네 살 적 인생은 모든 것이 이끼 속에 묻혀 전설과 같이도 멀다 ── 예배당의 찬미가이며 거리의 뱀이며 따뜻한 무릎이며 군밤이며.

궂은 일이든 좋은 일이든 전설은 모두 아름다운 것이니 재희는 한 번 서울을 떠나 다시 그곳을 바라볼 때 그것을 정확히 느꼈다. 솔가하여 가지고 고향으로 떨어진 것은 늙은 부모를 마지막으로 봉양하자는 아버지의 뜻이었다. 낯선 적막 속에서 포천집은 눈을 감았다. 소생도 뒤를 따라 떠났다. 아버지는 마음을 가다듬고 지방의 속관으로 여생을 보내기로 하였다. 어머니도 비로소 마음의 안정을 얻었다. 재희는 학교에 들 나이에 이르렀다.

5

이야기를 좋아하는 마음은 어디서 오는 것일까? 재희는 글자를 깨친 지 얼마 안 되었음에도 서울 시대의 묵은 이야기책들을 끔찍이도 사랑하였다.

긴 가을밤에나, 혹은 어머니나 그가 가벼운 병석에 있을 때에, 그는 병풍 속 자리에 누워 신소설 〈추월색〉을 낭독하였다. 아름다운 이 공기는 모녀를 울리기에 족하였다. 정님이와 영창이의 기구한 운명의 축복은 한없이 눈물지어 어느덧 한 가락의 초가 다진하면 새 가락을 켜놓고 운명의 다음 줄을 계속하여 읽곤 하였다. 어머니는 촛불과 같이 가만히 눈물지었다. 병풍 속 석류는 눈앞에 흐리고 머리맡 약 냄새는 근심스러웠다.

이야기 속의 장면으로 재희는 서울을 상상하기를 즐겨하였다. 그러므로 서울은 지극히 아름다운 것이었고 옛 기억은 전설과 같이 그리운 것이었다. 물론 자란 후 다시 서울을 보았을 때에는 이 소녀시대의 아름다운 꿈은 그림자조차 찾아볼 수 없이 곱게 사라졌고 서울은 한갓 산만한 거리로 비치었다.

준보는 학교에서 가장 영리한 아이였다. 새까만 눈동자에 총기가 흘렀다. 시험 때에는 늘 선생들의 혀를 말게 하였다. 재희도 반에서 수석인 까닭으로 두 사람이 가까워진 것은 아니나 재희는 모인 총중에 준보의 모양이 안 보이면 마음이 적적해지게까지 되었다. 새 치마를 입거나 새 신을 신었을 때에는 누구보다도 먼저 그에게 보이고 싶었다. 선생에게 칭찬받는 것을 들으면 귀에 즐거웠다. 동무들의 요란한 놀림을 겉으로는 귀찮게 여겼으나 속으로는 도리어 기뻐하였다. 웬일인지 재희는 늘 〈추월색〉의 슬픈 이야기를 생각하였다. 준보를 생각할 때에 어린 마음에 으레 정님이와 영창이의 사실이 떠오르곤 하였다.

서류(石榴)

6

  먼산에 소풍을 갔을 때는 준보는 덤불 속을 교묘하게 들춰 익은 으름을 송이송이 찾아다 재희에게 던졌다. 그러면서도 잔잔하게 말을 거는 법은 없이 늘 뿌루퉁하고 퉁명스런 심술이었다. 새까만 눈망울이 한피같이 빛났다.

  봄이면 학교에서는 산놀이를 떠났다. 제각기 헤어졌을 때 준보는 바위 위에 진달래꽃을 꺾으러 갔다. 철은 일렀으나 이름 모를 새들이 잎 핀 버들가지에서 지저귀었다. 좁은 지름길을 걸어 바위 위에 이르렀을 때에는 준보와 재희의 한 패만이 남고 다른 축들은 한동안 그림자가 보이지 않았다. 산은 험하여 바위 아래는 푸른 강물이 어마어마하게 내려다 보였다. 바위코에 담뿍 몰린 한 떨기의 진달래가 마음을 흠뻑 당겼다. 재희의 원에 준보는 두려움도 잊고 날뜀을 냈다.

  "내 손을 잡으렴."

  바위 끝으로 기어가는 준보를 재희는 조마조마하게 바라보았다.

  "일없다. 네 손쯤 붙들어야 소용없어."

  "뽐내다 떨어질라."

  "떨어지면 너 시원하겠지?"

  "녀석두 맘에 없는 소리만."

  실쭉하고 돌아섰을 때 준보는 벌써 꽃부리에 손이 갔다. 간신히 두어 대 꺾어 쥐고 다시 손이 갔을 때에 팔에 스쳐 돌멩이가 굴렀다.

겁을 먹고 몸을 츠스러치는 바람에 디뎠던 발이 빗나가자 무른 바위는 으스러지며 더한층 와르르 헐어져 떨어졌다. 서슬에 준보의 몸은 엎으러지며 손을 뻬든 채 앞으로 밀렸다. 재희는 아찔하여 반사적으로 풀썩 쓰러지면서 두 손으로 준보의 발을 붙들었다. 이어 몸을 일으키고 힘을 다하여 간신히 끌어낼 수 있었다.

천행 준보는 떨어지지는 않았으나 대신 팔에 커다란 상처를 받았다.

"나 때문에 안됐구나."

"너 때문에? 너 주려고 꽃 꺾은 줄 아니?"

"고집쟁이두."

걷는 동안에 속이 풀려서 몸을 기대우리라고 생각하였으나 준보는 꼿꼿이 말도 없이 땅만 보고 걷는 것이 재희에게는 불만스러웠다.

준보를 서울로 보내게 되었을 때 그 불만은 한층 더 컸고 마음은 한갓 서글프기만 하였다.

ㄱ

관직의 한정이 찾을 때 아버지는 선조들의 묘안이 남은 실속 없는 고향을 헌신같이 버리고 다시 솔가하여 가지고 서울로 떠났다.

얼마 안 되는 축재로 아버지가 회사의 한 몫을 맡게 되었을 때 재희는 웃학교에 나아갔다.

준보의 자태가 마음속에 없는 바는 아니었으나 시달리는 동안에 새벽별같이 차차 그림자가 엷어진 것은 사실이었다.

서울은 결코 전설의 서울이 아니었고 꿈의 거리가 아니었다.

거리도 서울도 그칠 바를 모르는 산문의 연속이었다.

재희의 청춘은 회색 장막에 새겨진 회색 글자의 내용이었다.

같은 병풍 속에서 이야기책을 같이 읽던 어머니를 잃은 것은 그대로 큰 꿈을 잃은 셈이었다.

재희가 학교를 채 마치기도 기다리지 않고 아버지의 회사가 기울기 시작한 것도 결코 우연은 아니었다.

아버지의 얼굴은 금계랍을 먹은 상이었다. 아무리 애쓰나 회복의 도리는 없는 듯하였다.

하는 수 없이 재희는 제단에 오르는 애잔한 양이었다.

학교를 나오기가 바쁘게 꿈도 꾸지 못하였던 곳에서 생활의 길을 구하게 되었다.

흡사 그 자신이 어린 시절을 보내던 곳과도 같은 어린 학교에서 어린아이들을 데리고 단조한 나날의 생활을 보게 되었다. 그 속에서는 포부도 희망도 다 으스러져서 한 줌의 재로 변하였다.

그러던 차의 결혼이라 아버지는 부쩍 성화였다. 재희는 아버지를 가엾게 여기는 마음으로 자기의 뜻을 휘었다.

은행원이라고 도움이 되기를 바라던 것은 아니었다. 다만 아버지로서는 여러 가지로 분여의한 역경 속에서 한 가지씩이라도 집안 일을 정리하자는 뜻이었다.

8

그러나 결혼은 글자대로 무덤이었다.

공칙하게 회사도 파산되었다.

재희는 별수 없이 다니던 학교의 앉던 의자에 다시 들어가 앉았다.

버둥질쳐야 어쩌는 수 없는 인생임을 깨달은 후라 마음은 한결 유하여 가지고 가라앉아 갔다.

단조한 속에서 생기를 구하려 하였다. 으스러진 잿속에서 옛이야기를 찾으려 하였다. 어린 합창을 힘써 희망의 노래로 들었다. 맡은 반의 소년과 소녀, 갑남이와 애순이의 관계에서 어렸을 때의 꿈을 되풀이하려 하였다.

갑남이는 고집쟁이였다. 도화 시간임에도 도화지를 가져오지 않을 때 이유를 물어도, 꾸중을 해도 돌같이 책상 앞에 웅크리고 앉아 말도 하는 법 없거니와 얼굴도 결코 쳐들지 않는다. 완전히 말을 잊은 아이 같다. 표정 하나 변하지 않고 검은 눈망울로 책상을 노리면서 한 시간을 보내는 수도 있다. 애순이는 다정한 소녀였다. 여벌이 있으면 반드시 한 장을 갑남이에게 나누어 주었다. 솔직하게 받을 때도 있으나 종시 고집을 세우고 안 받는 때도 있었다.

"받으렴."

"일없다."

"고집 피우다 꾸중 들을라."

"꾸중 들으면 시원하겠니?"

"녀석두 맘에 없는 소리만."

어쩌다 받게 되면 다음 시간에는 갑절을 가져다가 도로 갚곤 하였다. 그 고집으로도 반대로 애순이가 가령 붓을 잊었을 때에는 자진하여 여벌을 빌려 주었다.

갑남이는 가난하였다. 점심을 굶는 때가 많았다. 이상스러운 것은 그런 때에는 애순이도 역시 점심을 굶는 것이었다. 애순이는 결코 갑남이같이 가난하지는 않았다. 점심이 없을 리는 없었다. 수상히 여겨 하루 재희는 점심 시간이 끝나 교실이 비었을 때 은밀히 애순이의 책상 속을 살펴보았다. 놀란 것은 의젓하게 점심을 싸가지고 온 것이다.

다음날 갑남이가 점심을 먹을 때에 애순이도 먹었으나, 다음날 갑남이가 굶을 때에 애순이도 굶었다. 물론 책상 속에는 점심이 있음에도 불구하고 두 번째 그것을 발견하였을 때 형언할 수 없는 경건한 느낌이 재희의 가슴을 쳤다. 한편 다쳐서는 안 될 성스러운 것에 손을 댄 것 같아서 송구스러운 느낌이 마음을 죄었다.

가만히 애순이를 불러 이유를 들었을 때 문득 가슴이 저리고 눈시울이 더워졌다.

"갑남이가 안 먹으면 먹구 싶지 않아요."

재희는 그날 돌아오던 길로 이불 속에서 혼자 흠뻑 울었다. 그날같이 산 보람을 느낀 때도 적었다.

그 후로는 갑남이를 꾸짖기는커녕 두 아이를 똑같이 갑절 사랑하게 되었다.

자기들의 옛날이 그지없이 그리웠다.

석류(石榴)

9

산란한 심사에 몸이 유난히도 고달팠다.

재희는 학교를 쉬고 자리에 눕는 날이 많았다.

소설가로서의 준보의 이름을 발견한 것은 커다란 놀람이었다.

무지개를 본 듯이 마음이 뛰놀았으나 옛날을 우러러보는 안에 정신이 무척 피곤도 하였다. 눈초리에 눈물 자취의 어지러운 지도를 그린 채 재희는 눈을 떴다.

체온계를 뽑으니 수은주가 높다. 신열이 나고 몸이 덥다.

고개를 돌리니 준보의 소설책이 다시 눈에 띄었다. 별안간 가슴이 찌르르하면서 눈물이 솟았다. 오장육부가 두려패이고 세상이 검은 구렁텅이 속으로 일시에 빠져들어가는 듯하다. 그 쓰라린

빈 느낌에 목소리를 놓고 엉엉 울고도 싶다. 저물어 가는 짧은 햇발이 창기슭에 노랗게 기울었다. 눈물에 젖어 베개가 축축하다.

가을과 산양(山羊)

가을과 산양(山羊)

화단 위 해바라기 송이가 칙칙하게 시들었을 젠 벌써 가을이 완연한 듯하다. 해바라기를 비웃는 듯 국화가 한창이다. 양지쪽으로 날아드는 나비 그림자가 외롭고 풀숲에서 나는 벌레 소리가 때를 가리지 않고 물 쏟아지듯 요란하다. 아침이나 낮이나 밤이나 그 어느 때를 가릴까. 사람의 오장육부를 가리가리 찢으려는 심산인 듯하다. 애라에게는 가을같이 두터운 시절이 없고 벌레 소리같이 무서운 것이 없다. 지난 칠 년 동안 —— 준보를 알기 시작했을 때부터 그 어느 가을인들 애라에게 쓸쓸하지 않은 가을이 있었을까! 밤 자리에 이불을 쓰고 누우면 눈물이 되로 흘러 베개를 적신다.

"사랑이란 무엇인가?"

스스로 물을 때,

"외롭고, 적적하고, 얄궂은 것."

칠 년 동안에 얻은 결론이 이것이었다. 여러 해 동안 적어 온 사랑의 일기가 홀로 애태우고 슬퍼한 피투성이의 기록이었다. 준보는 언제나 하늘 위에 있는 별이다.

만질 수 없고 딸 수 없고 영원히 자기의 것이 아닌 하늘 위 별이다.

한 마리의 여우가 딸 수 없는 높은 시렁 위 포도송이를 바라보고 딸 수 없으므로 그 아름다운 포도를 떫은 것이라고 비난하고 욕질한 옛날 이야기를 생각하며 애라는 몇 번이나 그 여우를 흉내 내어 준보를 미워해 보려고 했는지 모르나 헛일이어서 준보는 날이 갈수록에 더욱 그립고 성스럽고 범하기 어려운 것으로만 보였다. 이 세상은 왜 되었으며, 자기는 왜 태어났으며, 자기와 인연 없는 준보는 왜 나타났을까…….

준보의 마음과 자기의 마음은 왜 그다지도 어긋나며, 준보가 그다지 대수롭게 여기지 않는데도 왜 자기의 마음은 한결같이 그에게로 기울까……. 자나 깨나 애라에게는 이것이 큰 수수께끼였다. 준보가 옥경이와 결혼한다는 발표가 났을 때가 애라에게는 가장 무서운 때였다. 동무 옥경이의 애꿎은 야유였을까? 결혼의 청첩은 왜 보내왔을까? 애라에게는 여러 날 동안의 무서운 밤이 닥쳐왔다. 자기의 패배가 무엇이 원인이 되었나를 생각하고 자기의 육체를 저주하고 얼굴을 비춰주는 거울을 깨뜨려 버렸다. 칠 년 동안의 불행을 실어 온다는 거울을 깨뜨려 버리고는 어두운

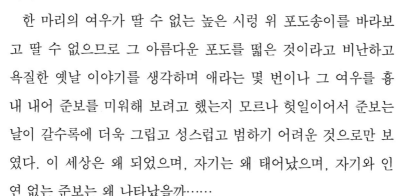

가을과 산양(山羊)

137

방안에서 죽음을 생각했다. 몸이 덥고 가슴이 답답하고 불냄새가 흘러오면서 세상이 금시에 바서지는 듯했다. 그 괴로운 죽음의 환영에서 벗어나는 데는 일주일이 넘어 걸렸다. 그런 고패를 겪었지만 그래도 여전히 준보에게 대한 미련과 애착이 끊어지지 않음은 웬일일까?

준보는 자기를 위해 태어난 꼭 한 사람일까? 전세에서부터 미래까지 자기가 찾는 사람은 단 한 사람 준보라는 지목을 받아온 것일까? 너무도 고전적인 자기의 사랑에 애라는 싫증이 나면서도 한편 여전히 그 사랑에 매어가는 스스로의 감정을 어쩌는 수 없었다. 준보 외에 그의 영혼을 한꺼번에 끌어당길 사람은 다시 그의 앞에 나타날 성 싶지는 않았고, 그런 추잡한 생각을 하는 것부터가 싫었다. 준보는 무슨 일이 있었던 간에 그에게는 영원의 꿈이요 먼 나라이다. 준보의 아름다운 환경을 가슴속에 간직해 가지고 평생을 지내겠다고 마음 먹었을 때 애라에게는 절망의 속에서도 한 줄기 희망이 솟아 올랐다.

"이르는 말은 안 듣구 언제까지든지 어쩌자는 심사냐? 늙어빠질 때까지 사람이 홀몸으로 지낼 수 있을 줄 아나 부다."

어머니는 오래전부터 내려오는 혼인 말을 되풀이하고는 딸의 마음을 야속히 여기고 때때로 보챈다. 그러나 애라는 자기 방에 묻힌 채 책을 읽거나 무료해지면 염소를 끌고 풀밭으로 나간다. 고요한 마음의 생활을 보내며 준보의 동정을 들으면서 가을을 보내고 가을을 맞이해 왔다.

며칠 전 준보에게서 편지를 받고 애라는 가라앉았던 가슴이 다시 설레기 시작하고 마음의 상처가 다시 살아났다. 준보 부부가 별안간 음악 수업차로 미주로 떠나게 되었다는 것이요, 그들 송별의 잔치를 동무들이 발기한 것이었다. 인쇄된 청첩에 준보는 기어이 출석해 달라는 뜻을 따로 적어서 보냈던 것이다. 초문의 소식에 애라는 놀라며 곧 옷을 차리고 나섰다가 다시 반성하고 머뭇거려도 보았으나 결국 출석하기로 했다.

오후의 호텔은 고요하면서도 그 어디인지 인기척을 감추고 수떨스런 기색을 보이고 있었다. 손님들의 자태는 그리 보이지 않건만 잔치를 준비하는 중인지 보이들의 오락가락하는 모양이 눈에 삼삼거린다. 복도를 들어가 바른편 객실을 기웃거렸을 때 모임에 출석하는 사람인 듯한 사오 인이 중얼거리고들 앉았다. 낯선 속에 어울리기도 겸연쩍어서 애라는 복도를 꾸부러져 왼편 객실로 들어갔다. 카운터에서 한 사람의 보이가 계산에 열중하고 있을 뿐 객실은 고요하다. 애라는 차 한 잔을 분부하고는 창 가까이 자리를 잡았다. 창 밖은 조그만 뜰이 되어서 몇 포기의 깨끗한 백양나무가 여름 한철 깊은 그늘 속에서 이슬을 뿜고 있던 것이, 이 역 어느덧 가을을 맞이해서 병들어 가는 잎들이, 바람도 없건만 애잔하게 흔들리고 있다. '가을은 어느 구석에든지 숨어드는구나. 여기도 밤에는 벌레 소리가 얼마나 요란할까?' 생각하면서 찻잔을 들려고 할 때 공교롭게도 문득 눈앞에 나타난 것이 준보였다. 그날 모임의 주빈답게 검은 예복으로 단장한 그의 자태가 그 어느 때보다도 싱싱하게 눈을 끌었다. 그렇게 가깝게 면대하기는 오래간만이었다. 언제든지 그의 앞이 어렵고 시스럽고 부끄러운 애라였다. 가슴이 두근거리며 고개를 숙여 버렸다.

"진작 만나뵙고 여러 가지 얘기 드리려던 것이 급작스레 떠나게 돼서 이제야 기회를 얻었습니다. 옥경이의 희망도 있구 해서 별안간 미주행을 계획한 것인데 한 일년 지내구 내년 가을에는 구라파로 건너갈 작정입니다만."

준보의 장황한 설명에 애라는 한참이나 동안을 두었다가 입을 열었다.

"그러실 줄 알았죠. 별일 없으면서두 떠나신다니 섭섭해요. 어디를 가시든지 편안하셔야죠. 두 분의 행복을 비는 것이 이제는 제 행복이 됐어요……. 행복이구 불행이구 간에 어쩌는 수 없이 그것만이 밟아야 할 길이 된 것을요."

다음 말까지에는 또 한참이나 동안이 뜬다.

"남의 집 창 밖에 서서 안을 기웃거리는 가난한 마음을 짐작하실 수 있으세요? 안에는 따뜻한 불이 피고 평화와 단란이 있죠. 밖에 서 있는 마음은 춥고 떨리고."

준보가 그 대답을 하는 데 다시 한참이 걸린다.

"……경우가 어떻게 됐든 간에 그 동안의 애라 씨의 심정을 나는 감사의 생각 없이는 받을 수 없었습니다. 칠 년 동안의 변함없는 정성에 값갈 만한 사내가 아닌 것을요."

"감사란 말같이 싫은 말은 없어요. 제가 요구할 권리가 없듯이 감사하실 것은 없으세요."

"감사는 하면서두 요구에 대답하지 못하는 것을 슬퍼합니다. 일이 애꿎게 그렇게 되는군요. 솔직하게 말하면 처음엔 무심했던 것이 차차 그 곧은 열정을 알게 됐을 때 난 무서워도 졌습니다."

"그래요. 전 남을 무섭게만 구는 허수아비인지두 몰라요."

"……운명이라는 것 생각해 보신 적 있습니까? 슬픈 것 기쁜 것 어쩌는 수 없는 운명이라는 것……."

"운명을 생각할 때 진저리가 나구 울음이 나요."

"……거역하고 겨뤄 봐도 할 수 없는 것. 고지식이 항복할 수밖에 없는 것."

"결국 그렇게 돌리구 그렇게 생각할 수밖엔 없겠죠. 슬픈 일이긴 하나……."

시간이 가까워져서 그 객실에까지 사람의 그림자가 어른거리게 되었을 때 두 사람은 회화를 그쳤으나 이윽고 다른 방에서 연회가 시작되었을 때에도 애라에게는 은근히 준보의 모양만이 바라보였다. 그의 옆에 앉은 옥경이의 자태까지도 범하기 어려운 하늘 위 존재로 보임은 웬일이었을까? 연회가 끝난 후 여흥으로 부부의 피아노 2중주 연주가 있었다. 건반 앞에 나란히 앉아 가벼운 곡조를 울리는 두 사람의 자태는 그대로가 바로 곡조에 맞춰 승천하는 한 쌍의 천사의 자태이지 속세의 인간의 모양들은 아니었다. 그렇듯 아름다운 두 사람의 모양은 애라와는 너무도 먼 지경에 놓여 있었다. 그 거리가 구만 리일까? 애라는 그날 밤같이 준

가을과 산양(山羊)

보 부부의 사이에 큰 거리를 느껴 본 적은 없었다.

'이것이 준보가 말한 운명이란 것인가?'

애라는 새삼스럽게 설운 생각이 들며 그날 밤 출석을 뉘우치고 될 수 있으면 그 자리를 물러나고도 싶었으나 그런 무례를 범할 수도 없어 그 괴로운 운명의 시간을 그대로 참을 수밖에는 없었다. 가슴속은 보이지 않는 눈물로 젖었다.

괴로운 시간에 놓여서 사람들과 함께 식당을 나오게 되었을 때 다시 다음 괴로움이 준비되어 있었다. 옥경이가 긴한 듯이 달려와서 옆에 서는 것이었다.

"이렇게 와 주어서 고맙긴 하나 한편 미안두 해요."

그러나 옥경이의 태도는 자랑에 넘치는 태도였지 미안하다는 태도는 아니었다.

"애라두 소풍 겸 저리로나 떠나보면 어때. 좁은 데서 밤낮 속만 태우지 말구."

조롱인지 충고인지, 그러나 애라는 그것을 충고로 듣는 것이 옳은 듯했다.

"목적도 없이 가선 뭣하누."

"그렇게 뚜렷한 목적 가진 사람이 어디 있겠수. 목적을 가졌다구 다 이루어지는 것두 아니구. 그저 마음속에 늘 무엇을 생각하구만 있으면 그것이 목적이 아니우?"

"무얼 생각하누."

"가령 고향을 생각해두 좋지. 외국에 가서 고향을 생각하는 속에 목적은 아니지만 그 무엇이 있을 법하잖우?"

"어서 무사히 다녀들이나 와요."

"구라파로나 떠나봐요. 내년 가을쯤 파리에서나 같이 만나게."

애라에게는 옥경이와의 대화가 몹시 괴로운 것이었다. 준보와 작별하고 그 괴로운 분위기를 떠나 한걸음 먼저 거리로 나왔을 때 지옥을 벗어나온 듯도 했으나 한편 거리의 등불이 왜 그리 쓸쓸하게 보이고 오고 가는 사람들의 모양이 왜 그리 무의미하게 보였을까. 찻집에 들렀을 때 레코드에서는 베토벤의 〈운명교향악〉이 흘렀다. 열리지 않는 운명의 철문을 두드리는 답답하고 육중한 음향이 거의 육체를 협박해 오는 지경이었다. 운명교향악은 음악이 아니요 운명 그것이다. 운명교향악을 작곡한 베토벤은 음악가가 아니요 미치광이나 그렇지 않으면 조물주다. 애라는 운명교향악을 들을 때마다 몸에 소름이 끼치고 금새 미칠 듯이 몸이 떨리구 한다.

가을과 산양(山羊)

'찻집에서까지 운명교향악을 걸 필요가 무엔가? 즐겁게 차 마시러 오는 곳에 미치광이 음악이 아랑곳인가?'

애라는 중얼거리며 분부했던 차도 마시는 둥 마는 둥 뛰어나와 버렸다. 등줄기를 밀치는 듯 등뒤에서 교향악의 연속이 애꿎게 울려오는 것을 들으며 거리를 걷는 애라의 마음속에는 무거운 구름이 겹겹으로 드리웠다.

이튿날 역에서 준보 부부를 떠나보내고 집으로 돌아온 애라는 한꺼번에 세상이 헐어진 것 같은 생각이 나며 눈알이 돌려패일

지경으로 어두웠다. 두 번째 죽음을 생각하고 약국에서 사온 약병을 밤새도록 노리면서 한 생각을 되풀이하고 곱돌아 하는 동안에 나중에는 죽음 역시 쓸데없는 것으로 생각되었다.

'어차피 짓궂은 운명이라면 그 운명과 겨뤄 보는 것이 어떨까? 진 줄은 뻔히 알지마는 그 패배의 결론과 다시 대항하는 수도 있지 않은가? 즉 두 번째 싸움이다. 이번이야말로 사생결단의 무서운 싸움이다.'

이렇게 깨닫자 애라에게는 절망 속에서도 다시 한줄기의 햇빛이 돋아오며 문득 옥경이의 권고가 생각났다.

'……구라파로나 떠나봐요. 내년 가을쯤 파리에서나 같이 만나게. ……뚜렷한 목적 가진 사람이 어디 있겠수. 그저 마음속에 늘 무엇을 생각하구만 있으면 그것이 목적이 아니우……'

옥경이가 무슨 뜻으로 했든지 간에 이제 애라에게는 이것이 한줄기의 암시였다. 애라는 머리 속에 다따가 보지 못한 외국을 환상하며 책시렁에서 한 권의 책을 뽑아 기행문의 구절구절을 마음속에 외워보는 것이었다.

'시월을 접어들면 파리는 벌써 아주 겨울 기분이 든다. 나뭇잎새는 죄다 떨어지고 안개 끼는 날이 점점 늘어가서 그 안개 속을 사람의 그림자가 어렴풋하게 거무스름하게 움직이게 된다.'

그 사람의 그림자를 마치 자기의 그림자인 듯 환상하고 그 파리의 한구석에서 준보를 만나게 될 것을 생각하면서 기행문의 구절구절을 아끼면서 두 번 읽고 다시 되풀이하였다.

그날부터 애라에게는 뚜렷한 구체적 성산도 없으면서 다시 먼 곳을 꿈꾸는 버릇이 시작되었다. 외국의 풍경을 상상하고 준보의 뒷일을 궁금히 여기면서, 그러나 기실 하루하루가 더욱 쓸쓸하고 적막해 갈 뿐이었다.

외로운 꿈에서 깨어서는 개같이 방 속에서 나와 뜰에 매인 흰 염소를 데리고 집 앞 풀밭을 거닌다. 턱 아래다 불룩하게 수염을 붙인 흰 염소는 그 용모만으로도 벌써 이 세상에 쓸쓸하게 태어난 나그네다. 초점 없는 흐릿한 시선을 풀밭에 던지면서 그 어느 낯선 나라에서 이 세상에 잘못 온 듯이 쓸쓸하게 운다. 울면서 풀을 먹고 풀에 지치면 종이를 좋아한다. 그 애잔한 자태에 애라는 자기 자신의 모양을 비해 보고 운명을 생각하면서 종이를 먹인다. 한 권의 잡지면 여러 날을 먹는다. 백지를 먹을 뿐 아니라 인쇄된 글자까지를 먹는다. 소설을 먹고 시를 먹는다. 잡지 대신에 애라는 하루는 묵은 일기장을 뜯어서 먹이기 시작했다. 칠 년 동안의 사랑의 일기 —— 지금에는 벌써 쓸모 없는 운명의 일기 —— 그 두터운 일곱 권의 일기장을 모조리 찢어서 염소의 뱃속에 장사지내기 시작했던 것이다. 흰 염소는 애잔한 목소리로 새침하게 울면서 주인의 운명을, 슬픈 역사를 싫어하지 않고 꾸역꾸역 먹는다.

염소 배가 불러지면 주인은 염소를 몰고 풀밭을 떠나 강가로 나간다. 물을 먹이면서 주인은 흰 돌 위에 서서 물소리 속에 흘러간 지난날을 차례차례로 비추어 본다. 해가 꼬박 져서 집으로 돌아

가을과 산양(山羊)

145

오면 다시 개같이 꿈의 보금자리인 방으로 기어든다. 방에서는 가을 화단이 하늘같이 맑게 그러나 쓸쓸하게 내다보인다.

해바라기 송이가 칙칙하고 국화가 한창이다. 양지쪽으로 날아드는 나비 그림자가 외롭고 풀숲에서 나는 벌레 소리가 때를 가리지 않고 물 쏟아지듯 요란하다. 아침이나 낮이나 밤이나 그 어느 때를 가릴까? 사람의 오장육부를 가리가리 찢으려는 심사인 듯도 하다. 애라에게는 가을같이 두려운 시절이 없고 벌레 소리같이 무서운 것이 없다. 밤 자리에 이불을 쓰고 누우면 눈물이 되로 흘러 베개를 적시고야 만다.

분녀(粉女)

분녀(粉女)

1

　우리도 없는 농장에 아닌 때 웬일인가를 의아하게 여기고 있는 동안에 집채 같은 돼지는 헛간 앞을 지나 묘포밭으로 달려온다. 산돼지 같기도 하고 마바리 같기도 하여 보통 돼지는 아닌 데다가 뒤미처 난데없는 호개 한 마리가 거위영장같이 껑충대고 쫓아오니 돼지는 불심지가 올라 갈팡질팡 밭 위로 우겨든다. 풀 뽑던 동무들은 간담이 서늘하여 꽁무니가 빠져라 산지사방으로 달아난다. 허구많은 지향 다 두고 돼지는 굳이 이쪽을 겨누고 욱박아 오는 것이다.

　분녀는 기급을 하고 도망을 하나 아무리 애써도 발이 재게 떨어지지 않는다. 신이 빠지고 허리가 휘는데 엎친 데 덮치기로 공칙히 앞에는 넓은 토벽이 막혀 꼼짝 부득이다.

옆으로 빗빼려고 하는 서슬에 돼지는 앞으로 왈칵 덮친다. 손가락 하나 놀릴 여유도 없다.

육중한 바위 밑에서 금시에 육신이 터지고 사지가 떨어지는 것같다. 팔을 옴짝달싹할 수 없고 고함을 칠래야 입이 움직이지 않는다.

분녀는 질색하여 눈을 떴다.

허리가 뻐근하여 몸이 통세난다.

문득 짜장 놀라서 엉겁결에 소리를 치나 소리는 나오지 않는다. 입 안에는 무엇인가 틀어막히우고 수건으로 자갈을 물리워 있지 않은가. 손을 쓰려 하나 눌리웠고 다리도 허리도 머리도 전신이 무거운 돼지 밑에 있는 것이다. 몸에 칼이 돋히기 전에는 이 몸도 둑을 물리칠 수 없지 않은가.

어둠 속에서도 경풍할 변괴에 부끄러운 생각이 났다. 어머니 앞에서도 보인 법 없는 몸뚱이를 하고 옷으로 덮으려 하나 생각뿐이다. 어머니는, 하고 가까스로 고개를 돌리니 윗목에 누웠고 그 너머로 동생의 코고는 소리가 들린다. 같은 방에 세 사람씩이나 산 넘이 있으면서도 날도둑을 들게 하다니 멀건 등신들이라고 원망할 수도 없는 것은 된 낮일에 노그라져서 함빡 단잠에 취하여 있는 것이다. 발로 차서 어머니를 깨우고도 싶으나 발이 닿기에는 동이 떴다.

삼경이 넘었을까 밤은 막막하다. 열린 문으로는 바람 한숨 없고 방안이나 문밖이 일반으로 까마득하다. 먼 하늘에는 별똥 하나 안 흐른다.

"원망할 것 없다. 둘만 알고 있으면 그만야. 내가 누구든 아무에게나 다 마찬가진걸."

더운 날숨이 이마를 덮는다. 부스럭부스럭하더니 저고릿고름을 올가미지워 매어 주는 눈치다.

간단하고 감쪽같다. 도둑은 흔적 없이 훔칠 것을 훔치고 늠실하고 나가 버렸다.

몸이 풀리우자 분녀는 뛰어 일어나 겨우 입봉창을 빼기는 하였으나 파장 후에 소리를 치기도 객적다.

대체 웬 녀석인가? 뛰어나가 살폈으나 간 곳 없다. 목소리로 생각해 보아도 알 바 없고 매어진 옷고름을 만져보는 건 뜻 없다. 하늘이 새까맣다. 그 새까만 하늘이 부끄럽고 디딘 땅이 부끄럽고 어두운 밤을 대하기조차 겸연스럽다.

몸이 무시근하다. 우물에서 물을 두어 드레 퍼올려 얼굴을 씻고 방에 들어가 등잔에 불을 켰다. 어둠 속에서 비밀을 가진 방안은 밝을 때엔 천연스럽다. 땅 그 어느 한구석이 무지러 떨어졌을 것 같다. 하늘의 별 한 개가 없어졌을 것 같다. 한쪽 거울을 찾아들고 얼굴을 비추어 보았다. 코며 입이며 볼이며가 상하지 않고 제대로 있는 것이 도리어 신기하게 여겨졌다. 어차피 와야 할 것이겠지만 그것이 너무도 벼락으로 급작스리 어처구니없게 온 것이 분녀에게는 알 수 없이 겸연스러웠다.

얼굴과 몸을 어루만지며 어머니의 잠든 양을 물끄러미 바라보려니 별안간 소름이 치며 가슴이 떨린다. 무서운 생각이 선뜻 들며 어머니를 깨우고 싶다. 그러나 곤한 눈을 멀뚱하게 뜨고 상기된 눈망울로 이쪽을 바라보는 것을 보면 분녀는 딴소리밖에 못하였다.

"새까맣게 흐린 품이 천둥하고 비올 것 같으우."

묘포 감독 박추의 짓일까? 데설데설하며 엄부렁한 품이 아무 짓인들 못할 것 같지 않다. 계집아이들 틈에 끼어 인부로 오는 명준의 짓일까? 눈질이 영매스러운 것이 보통 아이는 아니나 워낙 집안이 억판인 까닭에 일껏 들어간 중등학교도 중도에서 퇴학하고 묘포 인부로 오는 것이 가엾긴 하다. 그러나 그러고 터놓고 을러멨다고 하면 응낙할 수 있었을까? 군청 사동 섭춘이나 아닐까? 한길에서도 소락소락 말을 거는 쥐알봉수. 그 초라니라면 치가 떨려 어떻게 하나.

잠을 설굳혀 버린 분녀는 고시랑고시랑 생각에 밤을 샜다. 이튿날은 공교로이 궂은 까닭에 비를 칭탈하여 일을 쉬고 다음날 비로소 묘포로 나갔다. 같은 생각이 머리 속에 뱅 돌아 사람을 만나기가 여간 겸연쩍지 않다. 사람마다 기연미연 혐의를 걸어보기란 면난스런 일이었다.

하늘이 제대로 개고 땅이 이지러지지 않은 것이 차라리 시뻐스럽다. 천지는 사람의 일신의 괴변쯤은 익지 않은 과실이 벌레에게 긁히운 것만큼도 대수롭게 여기지 않는 모양이다. 하긴 다행이지 몸의 변고가 일일이 하늘에 비치어진다면 기분이·손야·옥녀 모든 동무들에게 이것이 알려질 것이요, 그들의 내정도 역시 속뽑히울 것이다. 이런 생각이 들자 별안간 그들은 대체 성할까 하는 의심이 불현듯이 솟아오르며 천연스러운 얼굴들이 능청스럽게 엿보였다.

박추와 명준에게만은 속내를 들리운 것 같아서 고개가 바로 쳐들리지 않았다. 다시 살펴도 가잠나룻이 듬성한 검센 박추. 거드름부리는 들대밑. 이녀석한테 당하였다면 이 몸을 어쩌노? 잠자코 풀 뽑는 무죽한 명준이. 새침한 몸집 어느 구석에 그런 부락부락한 힘이 들어 있을꼬? 사람은 외양으론 알 수 없다. 마치 그것이 명준이요, 적어도 명준이었으면 하는 듯이 이렇게 생각은 하나 면상과 눈치로는 그가 근지 누가 근지 도무지 거니챌 수 없다. 이러다가는 평생 그 사람을 모르고 지나지나 않을까?

맡은 땅의 풀을 뽑고 난 명준은 감독의 분부로 이깔포기에 뿌릴 약제를 풀어 무자위로 치기 시작하였다. 한 손으로 물을 뿜으며 다른 손으로 물줄기를 흔들다가 고무줄이 빗나가는 서슬에 푸른 약물이 옥녀의 낯짝을 쏘았다. 옥녀는 기급을 하여 농인 줄만 알고,

"저녀석 얼뜨개같이 해가지고 요새 무슨 곡절이 있어."

하고 쏘아붙인다. 명준은 픽 웃으며 마침 손이 빈 분녀에게 고무줄을 쥐어주고 뿌려주기를 청하였다. 두 사람이 한 무자위로 협력하게 되자 옥녀는 더 말이 없었다.

통의 것을 다 쳤을 때 다시 물을 길을 양으로 분녀는 명준의 뒤

를 따라 도랑으로 내려갔다. 도랑은 풀이 가리워 밭에서 보이지 않는다. 명준은 손가락으로 물탕을 치며 낯이 부드럽다.

"일하기 되지 않니?"

대번에 농조로,

"너 어떤 놈에게로 시집 가련? 박추한테라도."

"미친 것 다따가."

"시집 갔니? 안 갔니?"

관자놀이가 금시에 빨개진 것을 민망히 여겨 곧 뒤를 이었다.

"평생 시집 안 갈테냐?"

"망할 녀석."

"난 이 고장에서 없어지겠다. 살 재미 없어. 계집애들 틈에 끼어 일하기도 낯없다. 일한대야 부모를 살릴 수 없고 잡단 세금도 못 물어 드잡이를 당하는 판이 아니냐. 이까짓 고향 고맙잖어. 만주로 가겠다. 돌아다니며 금광이나 얻어보련다. 엄청난 소리지."

"그러나 사람의 운수를 알 수 있니?"

"정말 가겠니?"

"안 가고 무슨 수 있니? 이까짓 쭉쟁이 땅 파야 소용 있나. 거기도 하늘 밑이니 사람 살지 설마 짐승만 살겠니?"

물을 나르고 다시 도랑으로 내려왔을 때 명준은 다따가 분녀의 팔을 잡았다.

"금덩이를 지고 올 때까지 나를 기다려 주련?"

눈앞에 찰락거리는 명준의 옷고름이 새삼스럽게 눈에 띄자 분녀는 번개같이 정신이 번쩍 들었다. 끝을 홀쳐맨 고름이 같은 꼴의 제 옷고름과 함께 나란히 드리운 것이다.

"네 짓이었구나."

분녀는 짧게 외치고 고개를 떨어뜨렸다.

"언제까지든지 나를 기다리고 있으련?"

박추의 소리가 나자 두 사람은 날쌔게 떨어져 밭으로 갔다. 분녀는 눈앞이 아찔하며 별안간 현기증이 났다.

그뿐 명준은 다시 묘포밭에 나타나지 않았다. 다음날도 다음다음 날도 며칠 후에 짜장 만주로 내뺐다는 소문이 들렸다. 분녀는 마음이 아득하고 산란하여 일을 쉬는 날이 많았다.

2

분녀는 그렇게 눈떴다.

인생의 고패를 겪은 지 이태에 몸은 활짝 피어 지난 비밀의 자취도 어스레하다. 껍질에 새긴 글자가 나무가 자람에 따라 어느 결엔지 형적이 사라진 격이다.

이제 아닌 때 별안간 불풍나게 두 번째 경험을 당하려고 하는 자리에 문득 옛 생각이 떠오르지 않을 수 없었다. 흐르는 향기같이 불시에 전신을 휩싼다. 피가 끓으며 세상이 무섭고 가슴이 두근거리며 손가락이 떨린다. 물동이를 깨뜨린 때와도 같이 겁이 목줄을 조인다.

대체 어떻게 하여서 또 이 지경에 이르렀나 생각하면 눈앞이 막막하다.

거리에 자주 삐죽거린 것이 잘못일까? 만갑이에게는 어찌되어 이렇게 허름하게 보였을까? 돈도 없으면서 가게에 들어가서 이것저것 탐내는 것부터 틀렸다. 집안이 들구날 판에 든벌의 옷도 과분한데 단오빔은 다 무엇인가? 돈 있는 사람들의 단오놀이지 가난한 멀떠구니의 아랑곳인가? 이곳 질숙 저곳 기웃하며 만져보고 물어보고 눈을 까고 한숨 쉬고 하는 동안에 엉뚱한 딴군에게 온전히 간보이고 감잡히웠다. 만갑이는 가게에 사람이 빈 때를 가늠 보아 미처 겨를 사이도 없게 몸째 덜렁 떠받들어 뒷방에 넣고 안으로 문을 잠근 것이다.

부락스러운 꼴이 사내란 모두 꿈에서 본 돼지요, 엉큼한 날도둑이다. 훔친 뒤에는 심드렁하다.

"가지고 싶은 것을 말해 봐 —— 무엇이든지 소용되는 대로 줄게."

"욕을 주어도 분수가 있지. 사람을 어떻게 알고 이 수작이야."

분녀는 새삼스럽게 짜증을 내며 보기 좋게 볼을 올려붙였다. 엄청난 짓을 당하면서 심상한 낯을 지닐 수도 없고 그렇게라도 할 수밖엔 없었다.

"미워 그랬나?"

"몰라, 녀석."

쏘아붙이고는 팔로 눈을 받치고 다따가 울기 시작하였다. 사실
눈물도 나왔다. 첫번에는 겁결에 울기란 생각도 안 나던 것이 지
금엔 눈물이 솟는 것이다. 그 무엇을 잃은 것 같다. 다시 찾을 수
없을 것 같다. 안타까운 생각에 몸이 떨린다.

"울긴 왜, 사람은 다 그런 것이야……. 단오에 들 것 한 벌 갖추
어 줄게."

머리를 만지다 어깨를 지긋거리면서,

"삽삽하게만 굴면야 이 가게라도 반 나눠 줄걸."

가게에 인기척이 나는 까닭에 분녀는 문득 울음을 그쳤다. 부르
다 주인의 대답이 없으니 사람은 나가 버렸다. 만갑이는 급작스
럽게 말을 이었다.

"여편네가 중풍으로 마저마저 거꾸러져 가는 판이니 그렇게만
된다면 나는 분녀를 새로 맞어다 가게를 맡길 작정인데, 뜻이 어
떤가?"

울면서도 분녀는 은연중 귀를 솔깃하고 있었다.

"잘 생각해 볼 일이야."

듬짓이 눌러 놓고 만갑이는 한걸음 먼저 방을 나갔다. 손님을
보내기가 바쁘게 방문을 빼꼼히 열고 불러냈다.

"이것 넣어 둬."

소매 속에다 무엇인지를 틀어넣어 주는 것이다. 분녀는 어안이
벙벙하였다.

집에 돌아와 소매갈피를 헤치니 지전 한 장이 떨어졌다. 항용

보던 것보다는 훨씬 넓고 푸르다. 과남한 것을 앞에 놓고 분녀는 적이 마음이 느근하였다. 군청 관사에 아침 저녁으로 식모로 가서 버는 한 달 월급보다 많다. 월급이라야 단돈 사 원으로는 한 달 요의 보탬도 못 된다. 화세로 얻어부치는 몇 뙈기의 밭을 그래도 어머니와 동생이 드세게 극성으로 가꾸는 덕에 제철 제철의 곡식이 요를 도우니 말이지 그것도 없다면 분녀의 월급만으로는 코에 바를 나위도 없을 것이다.

왼곳에 가 있는 오빠가 좀더 온전하다면 집안이 그처럼 군색치는 않으련만 엉망인 집안에 사람조차 망나니여서 이웃 고을 목탄 조합에 가 있어 또박또박 월급생활을 하면서도 한 푼 이렇다는 법 없었다. 제 처신이나 똑바로 하였으면 걱정이나 없으련만 과당하게 건들거리다 기어이 거덜나고야 말았다. 늦게 배운 오입에 수입을 탕갈하다 나중에 공금에까지 손찌검을 한 것이다. 탄로되었을 때에는 오백 소수나 감쳐 낸 뒤였다. 즉시 그 고을 경찰에 구금되었다가 검사국으로 넘어간 것은 물론이거니와 신분 보증을 선 종가에 배상액을 빗발같이 청구하므로 종가에서는 펏질 뛰어들어 야기를 부리는 것이다. 집안은 망조를 만난 듯이 스산하고 을씨년스럽다.

불의의 수입을 앞에 놓고 분녀는 엄청나고 대견하였다. 어떻게 했으면 옳을까? 집안 일에 보태자니 빚없고, 혼잣일에 쓰자니 끔찍하고 불안스럽다. 대체 집안 사람들에게 출처를 어떻게 말하면 좋을까? 관사에서 얻어 내왔다고 해서 곧이 들을까? 가난에 과남은 도리어 무서운 일이다.

왈칵 겁도 났다. 술집 계집이나 하는 짓이 아닌가. 집안 사람도 집안 사람이려니와 명준에게, 상구에게 들 낯이 있는가. 설사 만주에는 가 있다 하더라도 첫 몸을 준 명준이가 아닌가? 그야말로 불시에 금덩이나 짊어지고 오면 어떻게 되노?

그러나 명준이보다도 당장 날마다 만나게 되는 상구에게 대하여서는 어떻게 한단 말인가? 확실히 그를 깔보고 오기는 했다. 그렇기 때문에 벌써 피차에 정을 두고 지낸 지 반년이 넘는데도 몸하나 까딱 다치지 못하게 하여 왔다.

그 역 몸은 다칠 염도 하지 않았다. 그러나 그는 깔중보일 인금인가. 명준이같이 역시 눈질이 보통 재물은 아니다. 학교도 같은 학교나 명준이같이 중도에서 폐학할 처지도 아니요, 그것을 마치고는 서울 가서 웃학교를 치를 생각이라니 그렇게만 된다면야 취직도 한층 높아 고을 학교만을 졸업하고 3종 훈도로 나가거나 조합 견습생으로 뽑히는 것과는 격이 다르다. 다만 세월이 너무 장구한 것이 지리하다. 지금 학교를 마치재도 이태, 웃학교까지 필함은 어느 천년일까? 그때까지에는 집안은 창이 날 것이다. 몸까지 허락하면 일이 됩데 틀어질 것 같아서 언약만 하여 놓고 손가락 하나 까딱 못하게 한 것이다. 상구 역시 그것을 원하지 않았고 공부에 유난스럽게 힘을 들이는 모양이다. 그러는 동안에 이 꼴이 되고 말았다.

허랑한 몸으로 상구를 어찌 대하노? 그렇다고 그를 당장에 단

넘할 신세도 못 되고 지은 죄를 쏟아놓고 울고 뛸 수는 더욱 없는 것이다.

생각과 겁과 부끄러움에 분녀는 정신이 섞갈린다.

3

학교가 바쁜지 여러 날이나 상구를 만날 수 없다. 눈앞에 면대하지 않으니 겁도 차차 으스러지고 도리어 마음은 허랑하게 만든다.

실상은 다음날로라도 곧 가려 하였으나 겸연쩍은 마음에 그럴 수도 없어 며칠은 번졌다. 그날 부랴부랴 그곳을 나오느라고 만갑이 가게에 물건을 잊어 둔 것이다. 물건도 물건, 공칙히 손에 걸치는 옷가지인 까닭에 안 찾을 수도 없고 밤이 이슥하기를 기다려 분녀는 조심스러이 거리로 나갔다.

한길에는 사람들이 듬성듬성하다. 전과는 달리 한결 조물거리는 마음에 사방을 엿보며 가게로 들어가자 기다리고 있던 듯이 만갑이는 성큼 뛰어나온다.

"올 사람도 없을 듯하군."

밀창을 드르렁드르렁 밀고 휘장을 치고 가게를 닫치는 것이다.

"곧 갈 텐데."

"눈어림만 했더니 맞을까."

골방문을 냉큼 열더니 만갑이는 상자를 집어낸다. 덮개를 여니

뾰족한 구두. 새까만 광채에 분녀는 눈이 어립다.

팔을 나꾸어 쪽마루로 이끈다.

분녀는 반갑기보다도 무섭다.

'그까짓 구두쯤.'

불 하나를 끄니 가게 안은 어둑스레하다.

만갑이는 마루에 걸터앉아 강잉히 팔을 잡아끈다. 뿌리치고 빼다가 전봇대 모서리에서 붙들렸다.

"손가락 겨냥 좀 해볼까."

우격으로 끌리운다.

마루에 이르기 전에 만갑이는 날쌔게 남은 등불을 마저 죽여 버렸다.

어두운 속에서 분녀는 씨름꾼같이 왈칵 쓰러졌다. 더운 날숨이 목덜미를 엄습한다. 굵은 바로 얽어매인 것같이 몸이 가쁘다.

'미친 것.'

즐겨서 들어온 것은 아니나 굳이 거역할 것이 없는 것은 몸이 떨리기는 하나 거듭하는 동안에 마음이 한결 유하여진 것이다. 무엇보다도 어둠에는 눈이 없는 까닭에 부끄러운 생각이 덜하다.

별안간 밀창을 흔드는 인기척에 달팽이같이 몸이 움츠러들었다. 시치미를 떼려던 만갑이는 요란한 소리에 잠자코 있을 수 없어 소리를 친다.

"천수냐?"

하는 수 없이 문을 여니 천수가,

"야단났어요."

어느 결엔지 들어와서,

"병환이 더해서 댁에서 곧 들어오시라구요."

"더하다니?"

"풍이 나서 사람을 몰라봐요."

"곧 갈게, 어서 들어가."

천수가 약빠르게 불을 켜는 바람에 분녀는 별수 없이 어지러운 꼴을 등불 아래 드러냈다. 움츠러들며 외면하였으나 천수의 눈이 등에 와 붙은 것 같다.

"녀석 방정맞게."

만갑이의 호통에보다도 천수는 분녀의 꼴에 더 놀랐다.

이튿날 상구가 왔다.

임시 시험이라고는 칭탈하나 5월도 잡아들지 않았는데 모를 소리였다. 어떻든 그를 만나기는 퍽도 오래간만이다. 거의 하루 건너로 찾아오던 것이 문득 끊어지더니 마침 두 장도막을 넘긴 것이다. 하기는 전 모양 그 모양 지닌 책보도 전의 것대로였다. 다만 얼굴이 좀 그을었고 눈망울이 그 무슨 생각에 멀뚱하다. 필연코 곡절이 있으련만 —— 그것을 꼬싯꼬싯 묻기에 분녀는 심고를 하며 상구의 말과 눈치가 될 수 있는 대로 자기의 일신의 변화 위에 떨어지지 않도록 발뺌을 하노라고 애를 썼다. 속으로는 상구한테서 정이 벌써 이렇게도 떴나 하고 궁리 다른 제 심정을 아프

고 민망하게도 여겼다. 거짓 없는 상구의 입을 쳐다보기도 죄망
스럽다.

"시골 학교 재미 적다. 서울로나 갈까 생각하는 중이다."

새삼스런 소리에 분녀는 의아한 생각이 나서,

"아무 델 가면 시험 없나? 뚱딴지같이 다따가 서울은 왜."

"조사가 심해서 책도 맘대로 읽을 수 없어. 책권이나 뺏겼다.
서울 가면 책도 소원대로 읽을 거, 동물들도 흔할 거."

"책 책 하니 학교책이나 보면 됐지 밤낮 무슨 책이야."

책보를 끌러 활짝 헤치니 교과서 아닌 몇 권의 책이 굴러나왔
다. 영어책도 아니요, 수학책도 아니요, 그렇다고 소설책도 아닌
불그칙칙한 껍질의 두터운 책들이다. 분녀는 전부터도 약간은 상
구가 그러스름한 책을 읽고 있는 것과 그것이 무슨 속인가를 짐
작하여 행여나 하는 의심을 품고 오기는 왔다.

"집에 두면 귀찮겠기에 몇 권 추려 가져왔다. 소용될 때까지 간
직했다 주렴."

"주제넘게 엉큼한 수작하다 망할 장본야. 까딱하다 건수, 윤패
꼴 되려구."

"함부로 지껄이지 말어. 쥐뿔도 모르거든."

상구는 눈을 부르댔다.

"너 요새 수상하더라, 태도가 틀렸지."

소리를 치며 책을 냉큼 들어 분녀의 볼을 갈긴다.

"어떻게 알고 그런 주제넘은 대꾸야."

돌리는 얼굴을 또 한 번 갈기다가 문득 고름 끝에 옭아맨 반지를 보았다.

"웬 것야?"

잡아채니 고름이 떨어진다. 상구는 금시에 눈이 찢어져 올라가며 볼이라도 토할 듯 무섭게 외친다.

"어느 놈팡이를 웃어 붙였니? 개차반, 천보."

머리채가 휘어잡혔다. 볼이 얼얼하고 이빨이 솟는 듯하나 분녀는 아무 대답 없다. 모처럼의 기회에 차라리 죽지가 꺾이우게 실컷 맞고 싶다. 미안한 심사가 약간이라도 풀려질 것 같다.

"숫제 그 손으로 죽여 주었으면."

실토였다. 눈물이 솟는다.

"큰 것 죽이지 네까짓 것 죽이러 생겨났겐."

결착을 내려는 듯이 몸째 차박지르고 상구는 훌쩍 나가 버렸다.

어쩐지 마지막 일만 같아 분녀는 불현듯이 서러워지며 공연히 그를 설굿친 것을 뉘우쳤다.

저녁때 밭에서 돌아오기가 바쁘게 어머니는 황당하게 설렌다.

"들었니? 상구 말이다."

분녀의 얼굴에는 아직도 눈물 자국이 부숙부숙한 채로다.

"요새 더러 만나 봤니? 이상한 눈치 보이지 않던? 들어갔단다."

"예? 언제요?"

분녀는 눈이 번쩍 뜨인다.

"망간 거리에서 소문 듣고 오는 길이다. 윤패, 건수들과 한 줄에 달릴 모양이다. 사람 일 모르겠다."

"낮쯤 와서 책까지 두고 갔는데요."

"낌새 채고 하직차로 왔었나 보다. 멀건 소소리패들과 휩쓸려 지내더니 아마도 그간 음특한 짓을 꾸민 게야."

"눈치가 이상은 하였으나 그렇게까지 되다니요."

사실 분녀는 거기까지는 어림하지 못하였다. 아까 상구와 끝내 말다툼까지 하다 그의 심사를 설긋치게 된 것도 실상은 그의 말이 전과는 달라 수상하게 나온 까닭이었다.

"녀석들의 언걸 입었거나 그렇지 않으면 철모르고 새롱새롱 덤볐거나 한게야. 사람은 겉볼 일이 아니구먼. 이 일을 어쩌노."

어머니로서는 공연한 걱정이었다.

"웃학교는 애시당초 틀렸지. 초라니 같은 것. 사람 잘못 가렸어."

슬그머니 딸을 바라본다. 분녀의 얼굴은 안온한 것도 같고 아득한 것도 같다.

"사람과 생각이 다른 거야 하는 수 없지요."

"넌 어떻게 생각하느냐 말이다. 분하지 않으냐?"

"분하긴요."

먼숙한 얼굴을 은연중 바라보며 어머니는 은근한 목소리로,

"너희들 그간 아무 일 없었니?"

분녀는 부끄러운 뜻에 화끈 얼굴이 달며 착살스런 어머니의 눈

초리에서 외면하여 버렸다.

"있었다면 탈이다."

수삽스러운 생각에 어머니가 자리를 뜬 것이 얼마나 시원한지 알 수 없다. 어머니에게 대하여서보다도 애매한 상구에게 대하여 더 부끄럽다. 일신이 별안간 더럽고 께끔하다. 어쩐지 어심아하여 밤이 늦었을 때 분녀는 골목을 나갔다. 남문 거리에 가서 한 모퉁이에 서기만 하면 웬만한 그날 소식은 거의 귀에 들려 온다. 한길 복판 게시판 옆에 두런두런 모여서들 지껄지껄하는 속에서 분녀는 영락없이 상구의 소문을 가달가달 훔쳐낼 수 있었다.

건수가 괴수였다. 모여서 글 읽는 패를 모으려다가 들킨 것이다. 학교에서는 상구 외에도 두 사람, 거리에서는 건수와 윤패네 세 사람. 상구가 건수에게 책을 빌었을 뿐이나 집을 속속들이도 수색당하고 학교에서는 나오는 대로 퇴학을 맞을 것이다.

상구도 이제는 앞길이 글렀구나 생각하면서 분녀는 발을 돌렸다. 이렇게 될 것을 예료하고 그를 숨기고 허랑하게 처신을 하여 온 것 같아 면목없고 언짢다.

집에 돌아오니 상구의 두고 간 책이 유난스럽게 눈에 띈다. 그립기보다도 도리어 책망하는 원혼같이 보여서 쓸어들고 아궁 앞으로 내려갔다.

"차라리 태워 버리는 것이 글거리가 남잖아 피차에 낫지."

불을 그어대니 속장부터 부싯부싯 타기 시작한다. 먹과 종이 냄새가 나며 두터운 책이 삽시간에 불덩어리가 된다. 어두운 부엌안이 불길에 환하다. 상구와는 영영 작별 같다. 악착한 것 같아 분녀는 눈앞이 어질어질하다.

4

날이 지남에 따라 무겁던 마음도 차차 홀가분하여지고 상구에 게 대하여 확실히 심드렁하게 된 것을 분녀는 매정한 탓일까 하고도 생각하였다. 굴레를 벗은 것같이 일신이 개운하다. 매일 곳 없으며 책할 사람 없다고 느끼는 동안에 마음이 활짝 열려져 엉 뚱한 딴사람으로 변한 것 같다.

어느 날 저녁 느직하게 돼지물을 주고 우리에 의지하여 하염없 이 들여다보고 있을 때 문득 은근한 목소리에 주물트리고 돌아서 니 삽짝문 어귀에 사람의 꼴이 어뜩한다. 홀태 양복을 입고 철잃 은 맥고를 쓴 것이 갈 데 없는 만갑이다. 혹시 집안 사람에게라도 들키면 하고 밖으로 손짓하며 뛰어갔다.

"동문 밖까지 와 줄텐가. 성 밑에서 기다리고 있을게."

만갑은 외면하여 돌아서며 다짜고짜 부탁이다.

"의논할 일이 있어. 안 오면 낭패야."

대답할 여지도 없게 다짐하고는 얼굴도 똑똑히 보이지 않고 사 람의 눈을 피하는 듯이 휙 가 버린다. 어둠 속에 달아나는 꼴이 어렴칙하다. 약빠른 꼴이 믿음직은 하나 너무도 급작스러워서 분녀는 미심하여 뒷모양을 바라본다. 여편네 병이 위중한가?

방에 돌아와 망설이다가 행티가 이상한 까닭에 담보로 내서 가 보기로 하였다. 물론 그에게는 그만큼 마음이 익은 까닭도 있었다.

동문을 나서니 벌판이 까마득하고 늪이 우중충하다. 오리 밖 바다가 보이는지 마는지. 달 없는 그믐밤이 금시에 사람을 호릴 듯하다.

길 없는 둔덕으로 들어서 성곽 밑으로 다가서기가 섬뜩하고 께름하다. 여우에게 홀리는 것은 이런 밤일까. 여우보다는 사람에게 홀리는 것이 그래도 낫겠지 하는 생각에 문득 성벽에 납작 붙은 만갑을 발견하였을 때에는 차라리 반가웠다.

사내는 성큼 뛰어와 날쌔게 몸을 끌었다. 무서운 판에 분녀는 뿌듯한 힘이 믿음직하여 애써 겨르려고도 하지 않고 두 팔에 몸을 맡겨 버렸다.

"분녀."

이름을 부를 뿐 다른 말도 없이 급작스리 허리를 조이더니 부락스럽게 밀친다.

"다짜고짜로 개처럼 무어야, 원."

분녀는 세부득 쓰러지면서 게정거리나 어기찬 얼굴이 입을 덮는다. 팔이 떨리며 몸짓이 어색하다.

"말이 소용 있나."

목소리에 분녀는 웅끗하였다.

"녀석 누구냐."

소리를 지르나 입이 막히운다.

"만갑인 줄만 알았니. 어수룩하다."

"못된 것 각다귀."

손으로 뺨을 하나 올려쳤을 뿐 즉시 눌리어 꼼짝할 수도 없다.

"듣지 않을 듯해서 깜쪽같이 만갑이로 변해 보았다. 계집을 속이기란 여반장이야. 맥고 쓰고 홀태 양복만 입으면 그만이니."

천수도 사내라 당할 수 없이 빡세다.

"딴은 만갑이와 좋긴 좋구나. 여기까지 나오는 것 보니. 녀석도 여편네는 마저마저 거꾸러지는데 말 아니야. 물건을 낚시삼아 거리의 계집애를 다 망쳐놓으니."

천수의 심청은 생각할수록 괘씸하였으나 지난 후에야 자취조차 없으니 하릴없는 노릇이다. 마음속에 담고 있을 뿐 호소할 곳도 없으며 물론 말할 곳도 없다. 그러나 이상하게도 날이 지날수록 괘씸한 마음은 차차 스러져갔다.

어차피 기구하게 시작된 팔자였다. 명준이 때나 천수 때나 누구인 줄도 모르고 강박으로 몸을 맡겼다. 당초에 몸을 뜯고 울고 하였으나 지금 와 보면 명준이나 천수나 만갑이까지도 —— 다 같다. 기운도 욕심도 감동도 사내란 사내는 다 일반이다. 마치 코가 하나요 팔이 둘인 것같이 뛰어나지 못한 사내도 나은 사내도 없고, 몸을 가지고만 아는 한정에서는 그 누구가 굳이 싫은 것도 무서운 것도 없다. 명준에게 준 몸을 만갑에게 못 줄 것 없고 만갑에게 허락한 것을 천수에게 거절할 것이 없다.

다만 부끄러울 뿐이다. 벗은 몸을 본능적으로 가리게 되는 것과 같은 심정으로 그것은 여자의 한 투다.

문만 들어서면 세상의 사내는 다 정답다. 천수를 굳이 괘씸히 여길 것 없다.

분녀는 이렇게까지 생각하게 되었다. 마음이 허랑하여졌다고 할까. 확실히 새 세상을 알기 시작한 후로 심정이 활짝 열리기는 열렸다. 아무리 마음속을 노려보아도 이렇게밖엔 생각할 수 없다. 천수를 안된 놈이라고만 칭원할 수 없다.

정신이 산란하여 몸이 노곤하다. 살림은 나아지는 법 없고 일반인 데다가 어느 날 또 발등에 불이 떨어졌다. 이웃 고을 재판소에서 검사국으로 넘어갔던 오빠의 재판이 열리는 것이다. 조합 당사자들에게 호출이 왔을 것은 물론이나 경찰에서 참량하여 집에도 통지가 왔다. 들어간 후로는 꼴을 본 지도 하도 오랜 까닭에 어머니만이라도 참례하여 징역으로 넘어가기 전에 단 눈보기만이라도 하였으면 하나 재판을 내일같이 앞두고 기차로 불과 몇 시간이 안 걸리는 곳인데도 골육을 보러 갈 노자가 없는 것이다. 어머니는 딸을, 딸은 어머니를 쳐다만 보며 종일 동안 궁싯거릴 뿐이었다.

생각다 못해 분녀는 밤늦게 거리로 나갔다. 만갑이밖엔 생각나는 것이 없다. 통사정하면 물론 되기는 될 것이다. 말하기가 심히 거북하여서 주저될 뿐이다.

횅드렁한 가게에는 그러나 만갑의 꼴은 보이지 않는다. 구석에 박혀 있던 천수가 빈중빈중 웃으며 나올 뿐이다.

"만갑이 보러 왔니? 온천으로 놀러갔다."

위인이 없다면 말도 할 수 없기에 얼빠진 것같이 우두커니 섰노라니 천수는 민망한 듯이 덜미를 친다.

"요전 일이 노엽니?"

뒤를 이어,

"무슨 일인지 내게 말하렴. 났으니 말이지 만갑이에게 말해도 소용없을 줄이나 알아라. 네게서 벌써 맘 뜬 지 오래야. 요새는 남돗집 월선이와 좋아서 지내는 모양이더라. 여편네 병은 내일내일 하는데."

분녀는 불시에 뒤통수를 얻어맞은 것 같다. 눈앞이 아득하다.

"가게라도 반 떼어주겠다고 꼬이지 않던? 여편네가 죽으면 후실로 들여 가게를 맡기겠다고 하지 않던? 누구에게든지 하는 소리, 그게 수란다."

기둥을 잃은 것 같다. 몸이 떨린다. 그를 장래까지 믿었던 것은 아니나 너무도 간특스럽게 속히운 셈이다.

"만갑이처럼 능청스럽지는 못하나 네게 무엇을 속이겠니. 무슨 일이든 밀하렴. 내 힘엔 부친단 말이냐?"

"아무것도 아니다."

"어떻게 생각할지 모르나 돈이라면 여기 잔돈푼이나 있다. 어떻게 여기지 말고 소용되는 대로 쓰려무나."

천수는 지갑을 내서 통째로 손에 쥐어준다. 분녀는 알 수 없이 눈물이 솟는다. 예측도 못한 정미에 가슴이 듬뿍해서 도리어 슬프다.

5

어머니는 재판소에 갔다온 날부터 심화가 나서 누웠다 일어났다 하였다. 홀렁바지를 입고 용수를 쓴 오빠의 꼴이 눈앞에 어른거려 잠을 못 이루는 눈치다. 눈물이 마를 새 없고 눈시울이 불어서 벌겠다. 몇 해 징역이나 될까? 판결이 궁금하다느니보다 무섭다. 엄징한 재판장의 모양이 눈에 삼삼하다. 종가에서는 발조차 일체 끊었다.

스산한 속에도 단오가 가까워 온다.

거리 앞 장대에서는 매년같이 시민운동회가 성대하게 열린다는 바람에 사람들은 설렌다. 일년에 한 번 오는 이 반가운 명절 때문에 사람들은 사는 보람이 있는 듯하다. 씨름이 있고 그네가 있고 활이 있고 자전거 경주가 있다. 사람들은 철시하고 새옷 입고 장대로 밀릴 것이다.

분녀는 정황은 못 되었으나 그래도 명절이 은근히 기다려진다. 제사 지낼 떡은 못 빚을지라도 만갑에게서 갖추어 얻은 것으로 이럭저럭 몸치장은 될 것이다. 무엇보다도 올해는 그네를 뛰어

상에 들 가망이 있는 것이다.

"자전거 경주에 또 나가보겠다."

천수가 뽐내는 것을 들으면 분녀도 마음이 뛰놀았다.

"을손이를 지울 만하냐?"

"올해야 설마 짓구땡이지 어디 갈랴구. 우승기 타들고 거리를 돌게 되면 나와 살겠니?"

"밤낮 살 공론이야."

이렇게 말한 것이 실상에 당일에는 어찌된 일인지 도무지 신명이 나지 않았다.

못을 박은 듯이 빽빽이 선 사람 틈으로 자전거 경주를 들여다보고 있노라니 앞장서서 달아나던 천수는 꽁무니를 쫓는 을손과 마주 스치더니 급작스런 모서리를 돌 때 기어이 왈칵 쓰러져 일어나는 동안에는 벌써 맨 뒤에 떨어져 버렸다. 을손의 간악한 계교에 얼입히웠다고 북새를 놓았으나 을손이 벌써 일등을 한 뒤라 공론이 천수에게 이롭지 못하였다. 조마조마 들여다보던 분녀는 낙심이 되어 차례가 와서 그네에 올랐을 때에도 마음이 허전허전하였다.

나조차 마저 실패하면 어쩌노 생각하며 애써 힘을 주어 솟구기 시작하였다. 회뚝거리던 설개도 차차 편편하고 두 손아귀의 바도 힘차고 탐탁하게 활같이 휘었다 펴졌다 한다. 그네와 몸이 알맞게 어울려 빨리 닫는 수레를 탄 것같이 유쾌하다. 나갈 때에는 눈앞이 휘연하고 치맛자락이 너볏이 나부낀다. 다리 밑에 울며줄며

선 사람들의 수천의 눈망울이 몸을 따라 왔다갔다 한다. 하늘에 오를 것 같고 땅을 차지한 것도 같다. 땅 위의 걱정은 어디로 날아간 듯 싶다.

바에 달린 줄이 휘엿이 뻗쳐 방울이 딸랑 울릴 때도 얼마 남지 않은 것 같다. 아래에서는 추스르는 말과 힘을 메기는 고함이 들린다. 몸은 퍼질 대로 퍼지고 일등도 멀지 않다.

그때였다. 들어왔다 마지막 힘을 불끈 내어 강물같이 후럿이 솟아나갈 때 벌판으로 달리는 눈동자 속에 문득 맞은편 수풀 속의 요절할 한 점의 광경이 눈에 들어왔다. 순간 눈이 새까매지고 허리가 휘친 꺾이우며 힘이 푹 스러지는 것이었다.

'왕가일까?'

추측하며 재차 솟구며 나가 내려다보니 움직이지도 않고 그대로 서 있는 꼴이 개울 옆 수풀 그늘 아래 완연하다. 그 불측한 녀석은 참다 못해 그 자리에 선 것이 아니요 확실히 일부러 그 꼴을 하고 서서 이쪽을 정신없이 쳐다보는 것이다. 아마도 오랫동안 그 목적으로 그 짓을 하고 섰던 것이 요행 주의를 끌어 눈에 띤 것이리라. 거리에서 드팀전을 하고 있는 중국인 왕가인 것이다.

'음칙한 것.'

속으로는 혀를 차면서도 이상하게도 한눈이 팔려 분녀는 노리는 동안에 팽팽하게 당기던 기운이 왈싹 줄어들며 그네가 줄기 시작하였다. 허리가 꺾이우고 다리가 허전하여지더니 다시 힘을 줄래야 줄 수 없다. 팔이 떨려 바가 휘친거리고 발에 맥이 풀려

분녀(粉女)

173

설개가 위태스럽다. 벌써 자세가 빗나가고 몸과 자세가 틀리기 시작하였다. 거의 방울이 마저마저 울리려던 풋줄이 움츠러들게만 되니 그네는 마지막이요 일들은 날아갔다. 분녀는 아홉 숨음의 실책으로 단망할 수밖엔 없었다. 줄 아래 사람들은 공중의 비밀은 알 바 없어 혹은 탄식하고 혹은 소리치며 다만 분녀의 못 미치는 재주를 아까워하는 것이다.

이렇게 된 바에야 하고 분녀는 줄어드는 그네 위에서 담대스럽게 녀석을 노려서 물리치려고 하였다. 그러나 이상한 것은 노리는 동안에 그를 물리치기는커녕 이쪽의 자세가 어지러워질 뿐이다. 오금에 맥이 빠지고 나부끼는 치마폭이 부끄럽다.

일종의 유혹이었다. 천여 명 사람 속에서 왕가의 그 꼴을 보고 있는 것은 분녀뿐이다. 말하자면 두 사람은 많은 총중의 눈을 교묘하게 피하여 비밀히 만나고 있는 셈도 된다. 왕가의 간특스런 손짓과 마주치는 분녀의 시선은 말없는 대화인 셈이다. 분녀는 부끄러운 생각에 얼굴이 붉어졌다.

줄에서 내렸을 때까지도 좀체 흥분이 사라지지 않았다.

좀 상에는 들었으나 상보다도 기괴한 생각에 몸이 무겁다.

이 괴변을 누구에게 말하면 좋은가? 혼자만 알고 있는 것이 옳을까 생각하며 천수를 찾았으나 많은 눈 속에서 소락소락 말을 붙일 수도 없어서 집으로 돌아와서야 겨우 기회를 잡았으나 천수는 홧김에 술이 거나하게 취하여 있다.

"개울가로 나오런? 요절할 이야기 들려줄게."

"분해 못 견디겠다. 을손이 녀석."

분녀는 혼자 먼저 나갔으나 시냅시냡 거닐어도 천수의 나오는 꼴이 보이지 않았다. 분김에 을손과 맞붙어 싸우지나 않는가?

양버들 숲을 서성거리는 동안에 어두워졌다. 개울까지 나갔다 다시 수풀께로 돌아오면서 하릴없이 왕가의 생각에도 잠겨본다 —— 초라한 꼴로 거리에 온 지 오륙 년이나 될까? 처음에는 마병 장사를 하던 것이 차차 늘어 지금에는 드팀전으로도 제일 크다. 실속으로는 거리에서 첫째 부자라는 소리도 있으나 아직도 엄지락 총각의 신세를 면하지 못하여 가끔 술집에 가서는 지전을 물 쓰듯 뿌린다고 한다. 중국 사람은 왜 장가가 늦을까? 여편네가 귀한 탓일까……

수풀 그늘 속으로 들어가려던 분녀는 기급을 하고 머물렀다. 제 소리의 범이 있는 것이다. 왕가는 마치 그를 기다리고 있던 것같이 벙글벙글 웃으며 앞에 막아선다. 하기는 낮에 섰던 바로 그 자리이긴 하다. 도깨비에게 홀린 것도 같다.

쭈뼛 솟았던 머리끝이 가라앉기도 전에 몸이 왕가의 팔안에 있다. 입을 벌리기에는 너무도 어처구니없고 삽시간이라 겨를 틈도 없다.

'평생이 이다지두 기구할까!'

분녀는 혼자 앉았을 때 스스로 일신이 돌려 보였다.

수풀 속에서 왕가에게 경박을 당하였을 때 악을 다하여 결었다면 견지 못하였을까? 가령 팔을 물어뜯는다든지 돌을 집어 얼굴을 찢는다든지 하였으면 당장을 모면할 수는 있지 않았던가. 그럼에도 그는 그것을 할 수 없었고 이상한 감동에 몸이 주저들자 기운도 의사도 사라져 버려 그뿐이었다.

마치 당시에는 함빡 술에라도 취하였던 것 같다.

천수를 대할 꼴도 없다. 하기는 만갑과의 사이를 아는 그가 왕가와의 사이인들 굳이 나무랄 이치도 없기는 하다. 천수는 만갑에게서 그를 빼앗았고 차례로 왕가에게 빼앗긴 셈이다. 몸이란 나루에서 나루로 멋대로 흘러가는 한 척의 배 같다. 하기는 만약 그날 저녁 약속한 천수가 어김없이 개울가로 나와 주었더면 그렇게 신세가 빗나가지는 않았을 것이다. 천수를 한할까 왕가를 원망할까.

분녀는 길게 한숨 지으며 생각에 눈이 흐리멍덩하다. 천수를 한할 바도 못 되거니와 왕가를 미워할 수도 없는 것이다.

생각하기도 부끄러운 일이나 사실 왕가는 특별한 인간이었다. 사내 이상의 것이라고 할까! 그로 말미암아 분녀는 완전히 눈을 뜨게 된 것이다.

왕가를 보는 눈이 전과는 갑자기 달라져서 은근히 그가 그리운 날이 있었다. 피가 수물거려 몸이 덥고 골이 띵할 때조차 있다. 그런 때에는 뜰앞을 저적거리거나 성밖에 나가 바람을 쐴 수밖에는 없었다. 그러나 그것만으로는 도무지 몸이 식지 않는 때가 있다.

하룻밤은 성밖까지 나갔다 돌아오는 길에 거리를 거쳤다. 눈치를 보아 왕가와 만날 수가 있지나 않을까 하는 속심도 없는 바 아니었다.

두근거리는 마음에 남문을 지날 때 돌연히 천수를 만났다. 조바심하는 탓으로 태도가 드러나 보였는지 천수는 어둠 속으로 소매를 이끌더니 첫마디에 싫은 소리였다.

"요새 꼴이 틀렸군."

영문을 몰라 맞장구를 쳤다.

"꼴이 틀렸다니 눈이 뒤집혔단 말이냐?"

"눈도 뒤집혔는지 모르지."

"무슨 소리냐?"

"요새 환장할 지경이지?"

"또 술 취했구나. 을손이한테 지더니 밤낮 술이야."

"어물쩡하게 딴소리 그만둬."

쏘더니 목소리를 갈아,

"사람이 그렇게 헤푸면 못쓴다. 아무리 너기로서니 천덕구니가 되면 마지막이야."

"무엇 말이냐?"

"그래도 시침을 떼니? 왕가와의 짓 말야."

분녀는 뜨끔하여 입이 막혀 버렸다.

"수풀 속에서 본 사람이 있어. 하늘은 속여도 사람의 눈은 못 속인다."

따귀를 붙인다. 분녀는 주춤하여 자세가 휘었다.

"다시 그러면 왕가를 찔러라도 눕힐테야. 치가 떨려 못살겠다."

분녀(粉女)

한참이나 잠자코 섰던 분녀는 겨우 입을 열었다.

"너 옷섶이 얼마나 넓으냐? 내가 네게 매였단 말이냐. 왕가와 너와 못하고 나은 것이 무엇 있니?"

6

그 후로 천수와의 사이가 뜬 것은 물론이어니와 분녀에게는 여러 가지 궁리가 많아서 얼마간 거리와 일체 발을 끊었다. 아침 저녁으로 관사에 다니는 것도 일부러 궁벽한 딴길을 골랐다. 관사에서 일하는 이외의 여가는 전부 집에서 보냈다.

빈집을 지키며 울밑 콩포기도 가꾸고 우물물을 길어 몸도 펏질 씻고 하는 동안에 열이 식어지고 마음도 차차 잡혔다. 몸이 깨끗하고 정신이 맑은 데다 뜰앞의 조촐한 화초포기를 바라보고 있으면 지난 일이 꿈결같이밖에는 생각나지 않는다. 그 무슨 무더운 대병이나 치르고 난 것같이 몸이 거뿐하다. 모든 것이 지나간 꿈이었다면 차라리 다행이겠다고 생각해 보면 머리채를 땋아내린 몸으로 엄청난 짓을 한 것이 새삼스럽게 뉘우쳐진다. 명준·만갑·천수·왕가, 머리 속에 차례차례로 떠오르는 환영(幻影)을 힘써 지워 버리려고 애쓰면서 날을 보냈다.

그러나 사람의 마음처럼 조화 많은 것은 없는 듯하다. 언제까지든지 찬 우물물을 끼얹어 식히고 얼리울 수는 없었다. 견물생심으로 다시 분녀의 마음을 움직이게 한 변괴가 생겼다. 망칙스런 꼴이 눈에 불을 붙여 놓았다.

여름의 관사는 까딱하면 개망신처가 되기 쉽다. 문이란 문, 창이란 창은 죄다 열어젖히고 대신에 얇은 발이 쳐지면 방안의 변이 새기 마춤이다. 문이란 벽 속의 비밀을 귀띔하는 입이다. 그 안에 사는 임자가 밤과 낮조차 구별할 주책이 없을 때에 벽은 즐겨 망신 주기를 좋아하는 것 같다.

그날 저녁 무렵은 유난히도 무더웠다. 더우면 사람들은 해변에서나 집안에서 옷벗기를 즐겨한다. 분녀는 이 역 유난스럽게도 일찍이 부엌일을 마치고는 목욕물을 가늠 보러 목욕간으로 들어갔다. 물줄을 틀어 더운물을 맞추면서 한결같이 누구보다도 먼저 시원한 물 속에 잠겼으면 하는 불측한 생각뿐이었다. 그러나 대체 주인 양주는 이때껏 무엇을 하고 있나 하고 빈지 틈에 눈을 댔다. 이 괴망스러운 짓이 실수였는지도 모른다. 빈지 틈으로는 맞은편 건넌방이 뚜렷이 보인다. 분녀는 하는 수 없이 방안의 행사를 일일이 보지 않을 수 없다.

거의 숨을 죽였다. 피가 솟아 얼굴이 확 단다. 목구멍이 이따금 울린다. 전신의 신경을 살려 두 손을 펴고 도마뱀같이 빈지 위에 납작 붙었다.

수돗물이 쏟아질 대로 쏟아져 목욕통이 넘쳐나는 것도 잊어버리고 분녀는 어느 때까지나 정신없이 빈지에 붙어 앉았다. 더운 김에 서리어서인지 눈에 불이 붙어서인지 몸이 불덩이같이 덥다.

날이 지나도 흥분이 쉽사리 사라지지 않는다.

'그런 세상도 있구나!'

거기에 비하면 지금까지 겪은 세상은 너무도 단순하고 아무것
도 아닌 ── 방안의 세상이 아니요 문밖 세상 같은 생각이 든다.
가지가지의 경험을 죄진 것같이 여기던 무거운 생각도 어느 결엔
지 개어지고 도리어 자연스럽고 그 위에 그 무엇이 부족하였다는
느낌조차 들었다.

관사의 광경은 확실히 커다란 꾀임이었다. 일시 잠자던 것이 다
시 깨어나 이번에는 더 큰 힘으로 움직이기 시작하였다. 아무리
우물물을 퍼서 몸에 퍼부어도 쓸데없다. 한시도 침착하게 앉아
있을 수 없이 육신이 마치 신장대 모양으로 설레는 것이다.

만약 그날로 돌연히 상구가 눈앞에 나타나지 않았더면 분녀는
일신을 정리하였을까?

요술과도 같이 뜻밖에도 상구가 찾아왔다. 들어간 지 거의 달포
만이다. 얼굴은 부숭부숭 부었으나 어느 틈엔지 머리까지 깎은
후라 일신은 단정하다. 짜장 반가운 판에 분녀는 조금 수다스럽
게 소리를 걸었다.

"고생했구나."

"맞았다! 동무들이 가엾다."

상구는 전과는 사람이 변한 것같이 속도 열리고 말도 걱실걱실
잘 받는 것이 분녀에게는 알 수 없이 반갑다.

"몸이 부은 것 같구나. 거북하지 않으냐?"

"넌 내 생각 안했니?"

다짜고짜로 몸을 끌어당긴다. 분녀는 굳이 몸을 빼지 않았다.

"이번같이 그리운 때 없다."

"별안간 싸늘한 것 같구나."

핑계 겸 일어서서 분녀는 방문을 닫았다.

상구에게 대한 지금까지의 불만도 뉘우침도 다 잊어버리고 상구의 하는 대로 몸을 맡겼다. 누구보다도 지금에는 상구가 가장 그리운 것이다. 지난날도 앞날도 없고 불 붙는 몸에는 지금이 있을 뿐이다. 상구의 입술이 꽃같이 곱다.

다음날 관사에 나갔을 때에 분녀는 천연스러운 양주의 얼굴을 속으로 우습게 여기는 한편 천연스러운 자신의 꼴을 한층 더 사특하게 여겼다.

그날 밤도 상구가 오기는 왔으나 간밤같이 기쁜 낯으로가 아니었다. 밤늦게 오면서도 그는 전과 같이 노여운 태도였다. 퉁명스런 목소리였다.

"너를 잘못 알았다."

발을 구르며,

"네까짓 것한테 첫 몸 준 것이 아까워."

이어,

"짐승 같은 것, 너를 또 찾은 내가 잘못이었지. 그렇게까지 된 줄이야 알았니?"

기어이 볼을 갈겼다.

"소문 다 들었다."

".......”

"굳이 일일이 이름 들 것도 없겠지. 어떻든 난 쉬 떠나겠다."

7

상구는 말대로 가 버렸다. 차라리 실컷 얻어나 맞았더라면 시원할 것을 더 말도 못 들어보고 이튿날로 사라졌으니 하릴없다. 서울일까? 사람이란 눈앞에만 안 보이게 되면 왜 이리도 그리운가?

그러나 상구의 실종보다도 더 큰 변이 생기고야 말았다. 마을 갔던 어머니는 황급한 성질에 펄펄 뛰어들더니 손에 몽둥이를 집어들었다.

"분녀야, 정말이냐?"

분녀에게서는 곡절이 번개같이 짐작되었다. 금시에 몸이 녹는 것 같더니 넋없는 몸뚱이가 허공을 나는 것 같다.

"허구한 곳 다 두고 하필 종가에 가서 이 끔찍한 소문을 듣다니 무슨 망신이냐."

올 때가 왔구나 느끼며 숨을 죽였다.

"일일이 대봐라. 행실머릴 이 자리에서."

첫 매가 내렸다.

"만갑이, 천수, 또 누구냐 대라. 치가 떨려 견딜 수 있나. 몸치장이 수상하더니 기어이 이 꼴이야?"

몰매가 내리기 시작하였다. 분녀는 소같이 잠자코만 있다가 견딜 수 없어서 매를 쥔 팔을 붙들었다. 어머니는 더욱 노여워할 뿐이다.

"이 고장에 살 수 없다. 차라리 죽어라."

모진 매에 등줄기가 주저내리는 것 같다. 종아리에서는 피가 튄다. 분녀는 하는 수 없이 매를 벗어나서 집을 뛰어나왔다. 목소리는 나지 않고 눈물만이 바짓바짓 솟는다.

바다에라도 빠질까. 목이라도 맬까. 성문을 나서 환장할 듯한 심사에 정신없이 벌판을 달렸다. 큰길을 닫기도 부끄러워 옆길로 들었다. 허전거리다가 밭두둑에 쓰러졌다. 굳이 다시 일어날 맥도 없이 그 자리에 코를 박고 밤 되기를 기다렸다. 바다에까지 나가기도 귀찮아 풀포기에 쓰러진 채 밤을 새웠다.

다음날도 집에 들어가지 않고 그렇다고 갈 곳도 없어 사람 눈에 안 띄게 종일이나 벌판을 헤매이다가 밭 속 초막 안에서 잤다. 그런 지 나흘 만에 벌판으로 찾아헤매는 식구의 눈에 띄어 하는 수 없이 집으로 끌려갔다. 어머니는 때리는 대신에 눈물을 흘렸다.

큰일이나 치르고 난 것 같다. 몸도 가다듬고 마음도 조여졌다. 딴사람으로라도 태어난 것 같다. 관사에서 떨어진 후로는 들에 나가 밭일을 거들었다. 거리를 모르게 되고 밭과 친하였다.

여름이 짙어지자 벌써 가을 기색이었다. 들에는 곡식 냄새에 섞여 들깨 향기가 넘쳤다. 들깨 향기는 그윽한 먼 생각을 가져온다.

분녀는 날마다 들깨 향기에 젖어서 집에 돌아왔다. 그런 하룻날 돌연히 낯선 청년이 찾아왔다.

"날 모르겠어?"

아무리 뜯어보아도 알 듯 알 듯 하면서도 생각이 미처 돌지 않는다.

"명준이야."

듣고 보니 틀림없다. 반갑다. 삼 년 만인가?

"만주 갔다 오는 길야. 나도 변했지만 분녀도 무던히는 달라졌군."

"금광은 찾았누?"

"금광 대신에 사람놈이나 때려 죽였지."

명준은 빙그레 웃는다. 고생을 하였으련만 그다지 축나지도 않았다. 도리어 몸이 얼마간 난 것 같다.

"고향은 그저 그 모양이군."

분녀는 변화 많은 그의 일신 위에 말이 뻗칠까봐 날쌔게 말꼬리를 돌렸다.

"어떻게 할 작정인구."

"밭뙈기나 얻어 갈아볼까. 수 틀리면 또 내빼구."

말투가 허황하면서도 듬직하다. 생각하면 명준은 첫 사람이었었다. 귀찮은 금덩이를 가져오지 않은 것이 차라리 개운하다. 허락만 한다면 그와 나 마음 잡고 평생을 같이하여 볼까 하고 분녀는 생각하여 보았다.

향수(鄕愁)

향수(鄉愁)

찔레순이 퍼지고 화초포기가 살아났다고 해도 원체가 고양이 상판만큼밖에 안 되는 뜰안이라 자복이 깔아놓은 조약돌을 가리면 푸른 것 돋아나는 흙이라고는 대체 몇 줌이나 될 것인가. 늦여름에 해바라기가 솟아나고 국화나 우거지면 돌밭까지 가리워 버려 좁은 뜰안은 오종종하게 더욱 협착해 보인다. 우러러보이는 하늘은 지붕과 판장에 가리워 쪽보만큼 작고 언덕 아래 대동강을 굽어보려면 복도에서 제기를 디디고 서야만 된다. 이 소꿉질 장난감 같은 베이비 하우스에서 집을 다스리고 아이를 돌보고 몸을 건사해야 하는 아내의 처지라는 것을 생각하면 별수 없이 새장 안의 신세밖에는 안 되어 보이면서 반날을 그래도 밖에서 지울 수 있는 남편의 자리에서 보면 측은히도 여겨진다.

제 스스로 즐겨서 장안에 갇히워진 죄수라면 이 역하는 수 없는 노릇, 누구를 탄하려면 남편된 입장으로서 나는 사실 같은 처지의 세상의 수많은 아내들에게 한 조각의 미안한 생각이 없지 않다. 기껏해야 한 달에 몇 번씩 영화구경을 동행하거나 거리의 식당에서 점심을 먹거나 하는 것쯤으로 목이 흐뭇이 축여질 리는 없는 것이요, 서양 영화에 나오는 넓은 집안과 사치한 일광실 속에서 환상에 잠기다가 일단 협착한 현실의 집으로 돌아올 때 차지 않는 속에 감질이 안 날 리가 없다. 현대의 무수한 소시민의 생활의 탄식은 참으로 부질없는 감질 속에 숨어 있는 듯 싶다.

향수(鄕愁)

아내의 건강이 어느 때부턴지 축나기 시작해서 눈에 띄게 되었을 때 나는 놀라며 그 원인을 역시 이 감질에 구하는 수밖에 없었다. 구미가 떨어지고, 불면증이 생기고, 그 어딘지 없이 몸이 졸아들면서 하루 세 때 약 그릇을 극진히 대한대야 하루 이틀에 되돌아서지도 않는 것이다. 의사도 이렇다 할 증세를 집어내지 못하는 것으로 보아서 나는 그 원인을 감질로 돌려서 도시 도회 생활에서 오는 일종의 피곤증이라고 볼 수밖에 없었다. 삼십 평짜리 베이비 하우스에 피곤해진 것이다. 협착한 뜰에 숨어 박히고 살림살이에 지친 것이다. 그 위에 그의 신경을 한층 피곤하게 만든 것은 남편의 욕심이라고 할까. 세상의 남편들같이 고집스럽고 자유로운 욕심쟁이는 없다. 아내의 알뜰한 애정을 받으면서도 그밖에 또 무엇을 자꾸만 구하는 것이다. 집에 들어서는 범사에 봉건왕이요 폭군 노릇을 하면서, 마음속에는 항상 한없는 꿈과 욕망을 준비해 가지고는 새로운 밖 세상을 구해 마지않는다. 참으로 그리마의 발보다도 많은 열 가닥 백 가닥의 마음의 촉수를 꾸미고 그 은실금실의 끝끝마다 한 개의 세상을 생각하고 손닿지 않은 먼데 것을 그리워하고 화려한 무지개를 틀어본다. 그 자기의 마음 세상 속에 아내는 한 발자국도 못 들어서게 하고 엄격하게 파수 보면서 완전히 독립된 왕국을 몰래 다스려간다.

일생에 있어서 가장 가까운 아내가 그 왕국에서는 가장 먼 것이다. 이것이 세상 남편들의 어쩌는 수 없는 타고난 천성머리니 나 역시 그런 부류에서 빠진다고는 생각하기 어려우며, 세상에서 꼭 한 사람밖에는 없다고 생각해 주는 아내의 정성의 백의 하나도 갚지 못하게 됨을 부끄러워하지 않을 수 없다.

남자된 특권인 듯이도 부질없이 마음의 왕국을 세우면서 그것이 아내를 얼마나 상하게 하고 달게 하나를 눈으로 볼 때 날카로운 반성이 솟으며, 불행한 것이 여자요 악한 것이 남편이라는 생각만이 난다. 삼십 평 속에서 속을 달리고 신경을 일으켜 세우고 있는 동안에 아내는 몸이 어느 때부턴지도 모르게 피곤해진 것 같다. 나는 남편된 책임을 느끼고 과반의 허물을 깨달으면서 평화와 건강의 일을 생각하는 것이나 —— 아무튼 도회의 삼십 평은 숨을 쉬기에는 너무도 촉박한 것이다. 이 촉박감이 마음을 한층 협착하게 하는 것이 사실이어서 어느 결엔지 막연히 그 무슨 넓은 것, 활달한 것을 생각하게 되었을 때, 아내는 하루 아침 문득 계획을 말하는 것이었다.

"잠깐 시골이나 다녀오겠어요."

새삼스런 뚱딴지 같은 소리는 아니었다. 해마다 한 번쯤은 다녀오는 고향이었고, 이번 길도 착상한 지는 벌써 오랫동안에 현안 중에 걸려 있었던 문제이다.

"몸도 쉬구 집안 형편도 살필 겸……."

그러나 막상 이렇게 현실의 문제로서 눈앞에 나타나고 보니 선뜻 작정하기도 어려워서,

"글쎄?"

하고 얼뺑뻥하게 대답하는 수밖에 없었다.

"제가 지금 제일 보고 싶은 게 무언데요 ── 울밑의 호박꽃, 강남콩, 과수원의 꽈리, 바다로 열린 벌판, 벌판을 흐르는 안개, 안개 속의 원두꽃……."

"남까지 유혹하려는 셈인가."

"제일 먹구 싶은 건 무어구요. 옥수수라나요, 옥수수, 바알간 수염에 토실토실한 옥수수 이삭, 그걸 삐걱 하구 비틀어 뜯을 때 그 소리 그 냄새 ── 생각나세요. 시골 것으로 그렇게 좋은 게 또 있어요? 치마폭에 그득히 뜯어가지고 그걸 깔 때, 삶을 때, 먹을 때 ── 우유맛이요, 어머니의 젖맛이요, 그보다 웃길 가는 맛이 세상에 또 있어요? 지금 제일 먹구 싶은 게 옥수수예요. 바다에서 한창 잡힐 숭어보다두, 뒤주 속의 엿보다두, 무엇보다두……."

"혼자 내빼구 집안은 어떻게 하라구."

그러나 마침 일가 아이가 와 있던 중이었고, 아내의 시골행의 결심도 사실은 거기에서 생겼던 까닭에 이것은 하기는 헛걱정이

기는 했다.

"나 혼자 남겨두구 맘이 달지 않을까?"

"에이구, 어서 없는 새 실껏 군것질해도 좋아요. 얼마든지 하라지, 지금에 시작된 일인가 뭐. 이제 다 꿈만 하니."

"큰소리 한다. 언제 맘이 저렇게 열렸던구. 진작……."

장담은 해도 여린 아내의 마음이다. 두 마디째가 벌써 그의 마음을 호비는 것을 나는 안다. 눈썹을 찌푸리면서 그 말은 그만 그것으로 덮어 버리고 천연스럽게 말머리를 돌리는 아내의 눈치를 나는 더 상해서는 안 된다.

"또 한 가지 이번 길의 이유는……."

다 듣지 않아도 나는 뜻을 짐작한다. 늘 말하는 일만 원 건인 것이다. 그의 어머니보다도 오빠가 용돈으로 일만 원을 약속한 것이다. 그것을 얻으러 가겠다는 말이다.

"만 원은 갖다 무얼하게. 그까짓 남의 돈, 누가 좋아할 줄 아나. 사람의 맘을 괜히 읽어 놓을까 해서."

"아따 큰소리 그만둬요. 돈 보고 침만 흘렸다 봐라."

"지금 내게 그리울 게 무어게."

"그까짓 피아노 한 대 사놓고 장담 말아요."

"방안에 몇 권의 책이 있구 뜰안에 몇 포기 꽃이 있으면 그만이지, 또 무어가 필요한데."

반드시 시인을 본받아 그들의 시의 구절을 외운 것이 아니라 사실 이런 청빈의 성격이 마음속에 없는 바가 아니다. 때때로 사치를 원할 때가 없는 것도 아니나 뒤를 이어 청빈에 대한 결벽이 자랑스럽게 솟곤 한다. 이 두 마음 중의 어느 것이 더 바른지를 헤아릴 수 없으나 두 가지 다 한 몫씩 자리를 잡고 있는 것은 사실이며, 지금에 있어서는 사치에 대해서 일종의 경멸과 반감을 가지고 있는 것도 속임없는 사실인 것이다. 허나 아내의 말이 바른 것이라면 그가 또 내 마음을 곁에서 한층 날카롭고 정직하게 관찰하고 있는지도 모르는 것이기는 하나.

"만 원에 한 장도 어김없이 가져올게, 어서 이리같이 약탈이나 하지 마세요."

"내 마음 제발 이리되지 맙소서!"

합장이라야 지극히 간단한 것이나 잘고 빈틈없는 여자의 마음씨라 간 뒤의 집안 살림살이의 요령과 질서까지 일가 아이에게 트여 주고 거기에 맞도록 집안을 온통 한바탕 치우고 정돈하기에 여러 날이 걸리는 모양이었다. 눈에 띌 만큼 말끔하게 거두어진 것을 나는 신기하게 바라보았다. 그러나 집안이 정돈된 것보다도 더 신기한 일이 생겼다. 떠나는 그날 저녁 거리에서 돌아온 아내의 자태에 일대 변혁이 생겼던 것이니, 머리를 자르고 퍼어머넌트를 건 것이다. 집안이 정리된 이상의 정리이었다. 멀끔하게 추려서는 고슬고슬 지져 놓은 머리는 용모를 일변시켜 총명하고 개운한 자태로 만들어 놓았다. 굳이 펄쩍 뛰며 놀랄 것은 없었던 것이 퍼어머넌트에 대한 의논도 오래전부터 있었던 것으로 충충대고 권한 장본인은 결국 나 자신이었던 까닭이다.

여자의 머리로서 퍼어머넌트를 나는 오래전부터 모든 비판을 떠나 아름다운 것으로 생각해 왔다. 모양이니 흉내니 한다면 이 땅에 그럼 현재 모방이 아니고 흉내가 아닌 무엇이 있단 말인가. 살로메가 요카난의 머리를 형용해서 에돔나라의 포도송이 같다고 한 머리, 그것을 나는 남녀 간의 머리의 미의 극치라고 생각해 왔던 까닭에 아내의 머리에 그 운치를 베풀자는 것이었다. 내가 놀란 것은 도리어 아내의 그 결단성이었다. 아무리 충충대도 오랫동안 주저하고 머뭇거리던 것을 그날로 단행한 그 결단성인 것이다.

그러나 거기에는 또 아내의 동무들의 실물 교육이 직접 도와 힘이 된 모양도 같다. 집에 놀러오는 그들이 하나나 그 풍습을 벗어난 사람이 없다. 아내가 그들이 보이는 모범에서 용기를 얻었을 것은 사실 ── 어떻든 그날 저녁 그 변모로 나타난 아내의 자태에 비록 놀라지는 않았다 해도 일종의 신기하고 청신한 느낌을 금할 수 없었던 것은 사실이다. 피곤하던 종래의 인상을 다소간이라도 떨쳐 버린 셈이요 ── 그 모든 아내의 행사는 결국 고달픈 피곤 중에서 벗어나자는 일종의 회복책이었던 것이다. 도회의 피곤에서 향수를 느끼고 잠깐 전원으로 돌아가기로 결심한 그의 해방의 의욕의 표시이었던 것이다. 머리를 시원스럽게 자르고 삼십 평을 떠나 넓은 전원의 천지에서 숨을 쉬자는 것이다. 바다로 열린 벌판에서 안개를 받고, 원두꽃을 보고, 풋옥수수를 먹자는 것이다. 내 자신 도회에 지쳐 밤낮으로 그것을 그리워하고 향수를 느끼고 하던 판에 원래부터 찬성하는 바이다. 아내의 전원행은 어느 결엔지 자연스럽게 응낙되었다. 같이 떠나지 못하는 것이 한 될 뿐 별수 없이 나는 서리우는 향수를 가슴속에 포개 넣은 채 마음속으로 시골을 그리는 수밖에 없게 되었다.

이튿날로 아내는 짙은 옥색으로 단장하고 퍼어머넌트를 날리고 홀가분한 몸으로 길을 떠나는 것이었으나 차창에서는 금시 눈물을 머금고 쉬이 돌아올 것을 거듭 말한다. 차가 굽이를 돌 때까지도 작아가는 얼굴을 창으로 내놓고 손수건을 흔드는 것을 보고는, 그럴 것을 그럼 왜 떠나는구 하는 동정도 솟았으나, 한편 이왕 떠나는 것이니 어서 실컷 시골 맛이나 맡고 몸이나 튼튼해져서 오라고 추수하는 나였다. 호박꽃, 강남콩 실컷 보고, 옥수수, 숭어 실컷 먹고, 좀 거무잡잡한 얼굴로 돌아오기를 원하는 것이었다. 아내가 간 후 집안이 텅 빈 것 같고, 삼십 평이 좁기는커녕 넓게만 여겨지면서 휑휑한 느낌을 금할 수 없었으나 그가 돌아오기를 기다리는 것도 또한 기쁨이 되었다.

일만 원이니 무어니 도시 아내의 꿈이란 것이 좁은 삼십 평의 세계 속에 묻혀 있게 된 까닭에 포태된 것인데, 그의 꿈의 실마리도 이 집과 함께 시작된 것이다. 넓은 집을 바라는 곳에서 일만 원의 발설을 알뜰히 명심하게 되었고, 그것이 은연중에 여행의 계획도 된 모양이었다. 행인지 불행인지 아내의 동무들이라는 것이 어찌어찌 모이다보니 거개 수십만대 급에 가는 유한부인들로서 퍼어머넌트의 실물 교육을 하듯이 이들이 어린 아내에게 사치

향수(鄕愁)

의 맛과 속세의 철학을 흠뻑 암시해 준 모양도 같다.

　이웃에서는 며느리를 가진 안 늙은이들 입에 오를리만큼 소문
이 나서 모범 주부로 첫손을 꼽게 된 아내라고는 해도, 아직 스물
을 조금밖에는 넘지 않은 어린 나이인 것이라 속세의 철학에 구
미가 안 돌 리가 없다. 물욕에 대한 완전한 초월 해탈이라는 것은
산속에 숨어 있는 도승에게나 지당할는지 속세에 살면서 그것을
무시하기는 어려운 노릇이어서 적어도 사치 아닌 것보다는 사치
에 마음이 기우는 것은 여자 —— 뿐이 아니겠지만 —— 의 본성일
듯도 싶다.

　그러나 사치의 한도란 대체 얼마인 것인가? 천에서 만족할 수
있으면 백에서도 만족할 수 있으려니와, 천에서 만족하지 못할
때 만에선들 만족할 수가 있을까? 필요한 것은 만이나 십 만의 한
계가 아니요, 천에서라도 만족할 수 있는 심정이 아닐까? 십만대
급의 유한부인들의 철학을 나는 속으로 비웃으면서 아내의 일만
원의 일건을 위태하게 여기며 하회를 기다리는 것이다.

　아내의 친가는 결혼 당시만 해도 몇 십만대의 호농으로 시골서
는 뽐내는 편이었으나 그 시기에 농가의 몰락이란 헐어지는 돌담
을 보는 것같이 빠르고 가엾은 것이었다. 재산이라는 것이 대개
는 농토나 산림인 것을 무엇을 하노라고인지 은행과 회사에 모조
리 넣은 것이 좀체 빠지지는 않아서 우물쭈물하는 동안에 한몫이
패어나가기만 했다. 낙엽송의 묘포를 하느니 자동차 회사를 경영
하는 동안에 불끈 솟아오르지는 못하고 점점 쓸어만 가는 것이

다. 일찍 아버지를 여의고 어머니와 두 남매 —— 아내와 오빠, 즉 이 오빠의 손에서 가산은 기우는 형세를 당했다. 눈에 보이지 않는 속에서 문덕문덕 나가기 시작한 것이 불과 몇 해가 안 지난 것 같은데 집안은 후줄들고 말았다. 도무지 때와 곳의 이를 얻지 못한 것이 보기에 딱할 지경이나, 생각하면 등뒤에 그 무슨 조화의 실이 이리 당기고 저리 끌면서 농간을 부리는 것만 같아 어쩌는 수 없다는 느낌도 난다. 부근에 제지회사가 되면서부터 벌목이 성하게 된 까닭에 한 고장의 산이 유망하다고 그것을 잔뜩 바라고 있는 것이나, 그것이 십만 원에 팔릴 희망도 지금 같아서는 먼 듯하다. 아내는 오빠에게 이 산에서의 오만 원의 약속을 받은 것이니 어쩌랴. 아내의 꿈은 오빠의 운명과 발을 맞추지 않으면 안 되게 되었다. 지금 당장의 일만 원이란 것도 필연코 읍 부근의 토지의 매매에서 솟을 것인 듯하나, 이 역 운이 대단히 이로워야 차례질 몫일 듯 골패 쪽의 장난같이도 허황한 것이다.

일만 원이나 오만 원의 꿈은 어서 천천 꾸기로 하고 시급한 건강이나 회복해 가지고 오라고 마음속으로 축원하고 있을 때, 대망을 품고 고향으로 내려간 아내에게서는 며칠 만에 간단한 편지가 왔다. 대망을 품은 폭으로는 흥분도 감격도 없는 담담한 서면이었다. 어머니의 흰 머리칼이 더 늘었다는 것과, 둘째 조카딸이 예쁘게 자란다는 것을 적어 보낸 것이다. 호박꽃 이야기도, 과수원 이야기도, 옥수수 이야기도 한마디 없는 것이요, 도리어 놀란 것은 진찰한 결과 신경쇠약의 증세로 판명되었다는 것이다. 도회의 병원에서는 증세를 바로잡지 못하는 것이 왜 하필 시골 병원에서 판명된단 말인가. 신경쇠약의 선언을 받으려고 일부러 시골을 찾은 셈이던가. 만약 말과 같이 신경쇠약이라면 그 원인을 만든 내 허물이 한두 가지가 아닐 듯해서 애처로운 생각조차 났으나 어떻든 병이 병인 만큼 일부러 전지 요양도 하는 판에 시골을 찾는 것만은 잘되었다고 안심도 되었다. 살림 걱정도 잊어버리고 활달한 자연과 벗하고 지내는 동안에 차차 회복될 것으로 생각한 까닭이다. 될 수 있는 대로 오랫동안 지니고 간 약이나 먹으면서 마음 편히 지내기를 나는 회답하면서, 마음속으로는 과수원도 거닐고, 풋콩도 까고, 조카 아이들과 놀고, 거리의 부인들과도 휩쓸리면서 모든 것 잊어버리고 유유히 지내고 있을 그의 자태를 상상해 보는 것이었다.

뒤를 이어 사흘돌이로 편지가 오는 것이 어느 한 고패를 번기는 법이 없이 —— 한가한 전원의 풍경을 그려 보내느냐 하면 그렇지도 않고 멀리 이곳 집안의 걱정과 살림살이의 주의를 편지마다 세밀히 적어 보낸다. 생선을 소포로 보내온다, 편지봉투 속에 돈을 넣어 보낸다 하면서 면밀한 주의는 가려운 데 손이 닿을 지경이다. 그리고 이곳에 대한 끊임없는 걱정과 조바심인 것이다. 향수를 못 잊어 고향을 찾는 그의 마음이나 응당 누그러지고 풀리고 놓여야 할 것임을 그같이 걱정이 자심하고야 누그러지기는커녕 도리어 안타깝게 죄어드는 판이니 그러다가는 병을 고치기는 새려 도리어 더치기가 첩경일 듯 싶었다. 혹을 떼러 갔다 혹을 붙여올 것도 같다.

하기는 걱정이라면 내게도 걱정이 없는 것이 아니었고, 무엇보다도 그를 보내고 나니 일상의 불편이 이루 한두 가지가 아님을 당면하게 되었다. 아침 저녁으로 대하는 음식상으로부터 주머니 속에 드는 손수건 하나에 이르기까지가 손이 달라지니 불편하고 맛 같지 않은 것이다. 아내란 상 위의 찌개 그릇이요, 책상 위의 옥편이라고 할까. 무시로 눈에 띌 때에는 심드렁해서 대수롭게 여기지도 않으나 일단 그것이 그 자리에 비인 때에는 가지가지의 불편이 뼈에 사무치게 알려지면서 그 값을 비로소 깨닫게 된다. 아내 없는 불편을, 더구나 집안을 거느리고 있을 때의 그 불편을 절실히 느껴가면서 웬만큼 정양하고 그만 돌아왔으면 하고 내 편에서도 느끼게 되었다.

대체 세상에서 마지막으로 편안하고 마음 놓을 곳이 어디인지 아무도 모르는 것일까? 그립고 안심을 얻을 마지막 안식처가 어디요 고향이 어디임을 말해 주는 이 없을 듯 싶다. 내가 아내 없는 불편으로 해서 그렇게 안달을 하고 갈망을 하지 않아도 아내 편에서 도리어 조바심을 하고 제 스스로 또다시 돌아온 것이다. 별안간 전보를 치고는 그날로 떠난 것이었다. 불과 한 달도 못 되어서 협착하다고 버리고 간 도회를 다시 찾아왔다. 그리 천하던 옥수수 시절도 채 못 맞이하고, 우유맛이요 어머니의 젖맛 같다던 그 즐기는 옥수수 한 이삭 먹어보지 못한 채, 도회에서는 좀 있으면 피서들을 떠난다고 법석들을 할 무더운 무렵에 무더운 도회로 다시 돌아온 것이다. 향수에 북받쳐 고향을 찾은 그에게 그리운 것이 또 무엇이었던가. 향수란 결국 마지막 만족이 없는 영원한 마음의 장난인 것인가! 말할 것도 없이 아내는 고향에서 두 번째의 향수 —— 도회에 대한 향수를 느낀 것이다. 도회가 요번에는 고향같이만 보였을 것이 사실이다. 시골로 떠날 때와 똑같은 설레고 분주한 심정으로 집을 떠나 삼십 평을 찾아든 것이다. 안타깝고 감질이 나던 삼십 평이 조촐하고 알맞은 안식처로 보였을 것이다. 모든 것이 —— 뜰의 꽃 한 포기까지 새롭고 귀하고 신기한 것으로 보였을 것이다. 집안의 구석구석이 시골보다도 나은 곳으로 보였을 것이다. 물론 한 해를 살아가는 동안에 피곤해지면 또 시골이 그리워질 것이요, 시골로 갔다가는 다시 또 이곳을 찾을 것이요, 향수는 차례차례로 나루를 찾은 나룻배같이 평생 동안 그칠 바를 모르는 것이다.

차에서 내리는 아내의 신색은 떠날 때보다 조금 나아진 것도 같고 도리어 못해진 것도 같다. 퍼어머넌트를 날리고 옷맵시가 개운하게 보이는 것은 떠날 때와 일반이나 —— 어쨌든 올 곳에 왔다는 듯 얼굴에는 안도의 빛이 떠오른 것은 사실이다.

"그렇게 푸지게 있을 걸 와 그리 설레긴 했던구."

"어때요. 이만하면 얼굴 좀 그을었죠. 군것질 너무 할까봐 걱정이 돼서 뛰어왔죠."

"그래, 옥수수 먹을 동안두 못 참았어?"

"수염이 바알개지는 걸 보구 왔어요 —— 익거든 철도편으로 두어 푸대 뜯어보내라구 일러는 두었지만."

"이 가방 속에는 이게 모두 지전으로 —— 만 원이 들어 찼으렷
다."

"찰 뻔했어요."

아내는 조금 겸연쩍은 듯이 빙그레 웃으면서 재게 걷는다.

"일만 원의 꿈 깨뜨려지도다, 아멘."

"노상에서 자세한 이야기를 드릴 수는 없지만 —— 거리에는 군
대가 들어와 양식고기가 선다구 땅 시세가 갑자기 발끈들 뒤집혔
는데, 철도를 가운데 두구 바른편 터가 군용지로 작정되구 왼편
땅이 미끄러질 줄을 누가 알았겠어요? 바로 작정되는 날까지도
어느 쪽으로 떨어질 줄을 몰라 수물거리다가 그 지경이 되구 보
니 한편에서는 좋아라구 뛰는 사람, 한편에서는 낙심해서 우는
사람 —— 오빠는 사흘이나 조석을 굶구 헤매는 꼴 차마 볼 수 있
어야죠."

"아멘!"

"운이 박할 때는 할 수 없는 노릇 같아요 —— 다음 기회를 노릴
수밖에 어쩌는 수 있나요."

"안 되기를 잘했지. 옳게 떨어졌다간 그 만 원 때문에 또 무슨
걱정이 생겼게. 그저 없는 것이 제일 편하다나."

사실 당치 않은 꿈 깨어진 것이 도리어 마음 편하고 다행한 노
릇이라고 생각한 것은, 물질이 가져오는 자질구레한 근심을 잘
아는 까닭이었다. 현재 군이 만 원이 없어도 좋은 것이다. 아내가

199

돌아온 것만으로도 불편하던 집이 펴일 것 같아서 반가웠다. 고기를 놓친 것이 아까울 것도 애틋할 것도 없이 빈손으로 간 아내가 빈손으로 온 것이 얼마나 시원한 노릇인지 모른다.

"두구 보세요. 다음 기회는 영락없을 테니. 사람의 운이 한 번은 이로울 날 있겠지요."

"암, 꿈이란 자꾸 멀리 다가갈수록 좋은 것이라나. 그렇게 수월하게 잡혀선 값이 없거든."

집에 이르렀을 때 아내는 좁은 뜰안에 한걸음 들어서자 만면 희색을 띠고 우거진 꽃숲을 바라보는 것이었다.

"어느새 이렇게 만발이야 —— 카카랴 · 샐비어 · 플록스 · 애스터 · 달리아 · 국화 · 해바라기 —— 온통 한창이니."

무지개를 보는 아이와도 같다. 조금 오도깝스럽게 수다스럽게 —— 기쁨이란 그렇게 표현하는 것이 가장 적당한 듯도 싶다. 카카랴의 꽃망울 하나를 뜯어가지고는 손가락으로 문질러 물을 들이고 향기를 맡고 하는 것이다.

"호박꽃보다 못하지 않지?"

"호박꽃두 늘 보니까 싫증이 났어요. 흡사 새 집 새 세상에 처음으로 온 것만 같아요."

복도로 뛰어올라서는 공연히 방안을 서성거리며, 부엌을 기웃거리며, 마루방을 쿵쿵거리며, 현관문을 열어보며, 제기를 디디고 언덕 아래 강을 굽어보며 —— 흡사 새 집으로 처음 들어온 신부의 날뛰는 양이다. 집을 한바퀴 휑하니 살펴보고야 비로소 안

심한 듯이 방에 와 앉으면서 놓이는 마음에 잠시는 어쩔 줄을 모르고 멍하니 뜰을 내다본다.

"다시는 시골을 간다고 발설을 하구 법석을 않으렷다."

"시골을 다녀왔으니까 오늘의 이 기쁨이 있죠……. 맘이 이렇구 기쁠 때는 없어요."

그 즉시로 신경쇠약증이 떨어져 버린 듯이도 건강한 신색의 기쁨을 담고는 새로운 감동의 발견에 마음이 흐뭇이 차 있는 모양이었다. 그가 그날 찾아온 데는 삼십 평의 집이 아니라 삼만 평의 집이었는지도 모른다. 그날의 그보다 더 기쁠 사람이 또 있었을까?

향수(鄕愁)

독후감

깃라잡이

내밀꽃 필 무렵

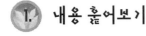 **내용 훑어보기**

메밀꽃 필 무렵

애시당초 글러버린 봉평의 어느 여름 장날, 해가 중천에 있건만
얽둑빼기요 왼손잡이인 허 생원은 동업하는 조 선달과 함께 파장
을 하고 충주집으로 갑니다.

허 생원은 그곳에서 어린 동이가 충주댁과 농탕치는 것을 보고
는 발끈 화를 내며 따귀를 갈기지요. 그러나 한마디 대꾸도 없이
나가는 동이에게 오히려 측은함을 느낀 허 생원은 그의 나귀가
각다귀들에게 괴롭힘을 당하는 것을 보고 달려온 동이의 마음씨
에 감동한답니다.

해가 꽤 기울어지고, 조 선달과 허 생원은 동이와 함께 대화장
을 향해 길을 떠납니다. 부드러운 달빛이 흐뭇이 흐르는 팔십 리
의 밤길은 너무나도 아름답습니다. 산허리가 온통 메밀밭이어서
막 피기 시작한 꽃이 소금을 뿌린 듯하고, 나귀 방울 소리가 딸랑
딸랑거리는 달밤에 허 생원은 자연스럽게 단 한 번의 괴이한 인
연에 대해 이야기를 꺼내죠.

꼭 이런 달밤, 봉평의 개울가에 목욕하러 갔다가 물방앗간에서
성 서방네 처녀와 무섭고도 기막힌 하룻밤을 지내게 되는데, 그
첫날밤이 마지막 밤이 되어 버리고 허 생원에게 그 옛 처녀는 평
생 잊지 못할 추억이 되었답니다.

한편 동이도 자신은 당초부터 아버지가 없었고, 달도 차지 않은

아이를 낳고 쫓겨난 후 의부를 얻어 힘겹게 살아온 어머니의 이야기를 합니다. 동이 어머니의 친정이 봉평이란 말을 들은 허 생원은 순간 눈이 흐려져 발을 빗디디게 되고 물이 허리까지 차는 개울에서 고꾸라져 몸째 풍덩 빠져버립니다. 동이의 등에 업혀 물을 건넌 허 생원은 물에 빠진 것을 나귀 탓으로 돌리며 다시 길을 걷는데, 어둡던 그의 눈에 동이의 채찍이 왼손에 들려 있는 모습이 들어오고 동이가 자신의 아들일지 모른다는 확신이 들게 됩니다.

돼 지

주인공 식이는 푼푼이 모은 돈으로 갓난 양돼지 암놈과 수놈을 한 마리씩 사와 애지중지 길렀습니다. 가난한 농가에서 돼지는 생명선이나 다름없지요. 그러나 한 달도 못 돼서 수놈이 죽고, 식이는 남은 암놈을 더욱 정성껏 길렀답니다.

여섯 달을 키워 암돼지 티가 나자 빨리 새끼를 얻고 싶은 마음에 씨를 받으러 종묘장까지 가지만 너무 어려 실패하고 맙니다. 한 달 후 다시 데려가 어렵게 씨를 받는데, 그 광경을 지켜보며 식이는 정을 두고 지내던 분이 생각에 잠기죠. 한 달 전쯤 분이는 어디론가 도망을 갔고 그 후론 지나가는 버스만 보아도 분이가 있는지 살피게 된 식이였습니다.

식이는 집으로 가는 길에 돼지를 팔아 그 돈으로 분이를 찾으러 갈까 생각하던 중, 갑자기 날카로운 소리에 정신이 번쩍 깹니다.

건널목에서 기차에 칠 뻔한 것이었어요.

정신을 차리고 보니 암돼지는 기차에 치여 흔적도 없이 사라져 버리고, 식이는 정성 들여 키운 돼지 생각에 그만 아찔하여 쓰러질 것만 같았답니다.

산

김 영감 집의 머슴이었던 중실은 영감의 첩을 건드렸다는 오해를 받고 맨손으로 쫓겨나게 됩니다. 칠팔 년 동안 아무것도 받지 못하고 머슴살이를 하다가 엉뚱한 분풀이를 당한 것이죠. 원통하기는 했지만 차라리 그 집을 나온 것이 속시원한 중실은 갈 곳이 없어 고민하다가 매일 나무하러 가면서 정들고 친해진 산속으로 들어가게 된답니다.

복잡하고 어수선한 마을보다 산과 벗하며 사는 생활이 중실에게는 행복했죠. 산에서 더 바랄 것 없이 만족스러운 생활을 하는 중실은 이것저것 산에서 먹을 것을 얻지만 단지 소금 때문에 마을이 그리워졌어요. 그래서 중실은 나무를 해 장에 내다 팔고 가장 필요한 소금과 냄비와 감자, 좁쌀을 사가지고 와 호젓한 살림을 차렸어요.

이제 중실에게 딱 한 가지 욕심이 있다면, 그것은 마을에 사는 용녀를 색시삼아 함께 산에서 즐겁게 사는 것이랍니다.

들

주인공 학보는 서울에서 학교를 다니다 쫓겨나고 고향으로 돌
아와 자연의 품안에 안깁니다. 도시 생활에 젖어 있던 학보는 어
느새 고향의 들과 친해져 어느 누구보다도 고향의 들과 벌판에
대해 속속들이 잘 알게 됩니다. 고향의 들과 벗하며 하루하루 평
화롭게 살아가는 그는 자연에 대한 사랑이 커져만 갔어요.

그러던 어느 날, 개울녘 풀밭에서 암캐와 수캐가 장난치는 것을
본 그는 그 모습이 전혀 불쾌한 생각이 들지 않고 오히려 그것에
서 창조의 기쁨을 느낍니다.

그런데 학보는 그 광경을 옥분이도 함께 보고 있다는 것을 알게
되고, 이후 다시 딸기밭에서 우연히 만난 두 사람은 자연스럽게
하룻밤을 함께 지내게 되지요.

그 후 학보는 옥분이와의 관계가 어떻게 그토록 자연스럽게 맺
어질 수 있었는지에 대한 의문이 들면서 자신에게 책임 문제가
생기는 것은 아닌가 하고 고민에 빠지게 됩니다. 그러다가 함께
책도 보고 이야기도 나누며 가깝게 지내는 친구 문수에게 모든
걸 사실대로 털어놓게 되지요. 그런데 문수도 옥분이와 관계가
있었다는 말을 듣고 오히려 안심하게 됩니다.

문수는 금지된 책을 읽다가 학교에서 쫓겨나 급기야는 끌려가
게 되고, 학보는 문수가 하루빨리 돌아오기를 기다리며 다시 고
독하고 무료하지만 평화로운 들의 생활로 돌아갑니다.

메밀꽃 필 무렵

1936년 10월,《조광》지에 발표된 〈메밀꽃 필 무렵〉은 1930년
대를 대표하는 단편소설이자, 이효석 문학의 백미(白眉)라고 할
수 있습니다. 처음에 발표될 때는 〈모밀꽃 필 무렵〉이었는데, 후
에 〈메밀꽃 필 무렵〉으로 고쳐졌지요.

시간적 배경은 어느 여름날의 낮부터 밤까지이고, 공간적 배경
은 이효석의 생가가 있는 강원도 평창의 봉평입니다. 자, 이제 이
소설을 좀더 자세히 살펴볼까요?

첫째, 장돌뱅이의 고달픈 삶을 토속적이면서도 서정적으로 그렸습
니다.

이효석의 대표 작품인 〈메밀꽃 필 무렵〉은 아름다운 자연과 토
속적인 장돌뱅이의 삶이 한 편의 시처럼 표현된 소설입니다. 작
품 속에서 시적 표현이 강하게 드러난 부분을 찾아 구체적으로
살펴보죠.

길은 지금 긴 산허리에 걸려 있다. 밤중을 지난 무렵인지 죽은
듯이 고요한 속에서 짐승 같은 달의 숨소리가 손에 잡힐 듯이 들
리며…… 산허리는 온통 메밀밭이어서 피기 시작한 꽃이 소금을
뿌린 듯이 흐뭇한 달빛에 숨이 막힐 지경이다. 붉은 대궁이 향기

같이 애잔하고 나귀들의 걸음도 시원하다.

  이 부분은 허 생원과 동이가 달빛을 받으며 걷던 봉평에서 대화까지의 팔십 리 길을 묘사한 것인데, 〈메밀꽃 필 무렵〉의 시적 분위기와 언어의 아름다움이 가장 잘 나타나 있습니다. 〈메밀꽃 필 무렵〉이 한국 현대문학사의 대표작으로 꼽히는 이유도 바로 여기에 있지요.

  이 작품은 장돌뱅이의 고달픈 삶을 토속적으로 보여주면서도 자연을 매우 아름답게 묘사하여 낭만적인 분위기를 연출하였습니다. 그래서 이효석은 '소설을 배반한 소설가'라고 평가받기도 하지요. 즉, 그는 그 시대의 다른 작가들과는 달리 소설에서 시적 언어를 사용하여 아름답고 신비스런 분위기를 나타낸 것입니다. 이러한 경향의 소설을 순수소설, 서정소설이라고 부른다는 것도 알아두면 좋겠죠?

  본문에서 시간의 흐름을 말해 주는 문장인 '해가 꽤 많이 기울어진 모양이었다.'를 기준으로 앞부분은 여름장의 파장 모습과 충주집에서의 사건, 각다귀들의 놀림감이 된 나귀의 이야기가 전개됩니다. 이 부분에서는 낮의 공간 속에서 장돌뱅이 허 생원의 소외되고 고달픈 인생을 보여주지요. 가난하고 얽둑빼기인 허 생원의 모습은 나귀의 모습과도 흡사한 것을 알 수 있답니다. 허 생원의 가장 오랜 친구이자 동반자인 나귀는, 목 뒤 털은 주인의 머

독후감 길라잡이

리털과도 같이 바스라지고, 개진개진 젖은 눈은 주인의 눈과 같이 눈곱을 흘리는 초라하고 늙은 모습이죠. 결국 나귀는 허 생원의 모습을 상징적으로 나타내고 있는 것이에요.

해가 기울어지고, 대화장까지 가는 길은 팔십 리. 여기서부터는 밤의 공간이 펼쳐집니다. 비록 장돌뱅이의 삶이지만, 거꾸러질 때까지 이 길 걷고 저 달을 보겠다는 허 생원의 말 속에서 고달픈 삶을 견뎌 나가는 힘과 의지가 엿보입니다.

〈메밀꽃 필 무렵〉을 감상할 때, 우선 이러한 가난하고 소박한 인물인 허 생원의 삶이 자연과 어떻게 조화되는지 눈여겨보세요. 또 작가 이효석이 그러한 모습을 어떻게 묘사했는지에도 초점을 맞춰 살펴보면 좋겠죠?

자연과 인간 본능의 순수성을 시적 경지에까지 끌어올린 작가 이효석의 언어를 염두에 두고, 묘사된 정경을 눈앞에 그리듯 상상하며 읽는다면 분명 그 감동이 더 진하게 다가올 것입니다.

한 가지 더!

〈메밀꽃 필 무렵〉에서 달과 꽃, 산과 개울 등과 같은 자연이 인간과 조화를 이루면서 이 작품 전체를 이끌어나가는 중요한 소재가 된다는 것도 알아두세요.

둘째, 우연적인 사건에서 소설의 결말을 이끌어냈습니다.

허 생원과 동이라는 인물의 관계를 주목해 봅시다.

옛 처녀와의 하룻밤 추억을 평생 안고 사는 허 생원과 어린 장돌뱅이 동이와의 대화를 잘 읽어보면, 동이가 허 생원의 옛 처녀의 아들이라는 단서를 넌지시 던지고 있음을 알 수 있답니다. 그리고 제천에서 허 생원과 동이의 어머니가 만나게 되리라는 것도 그들의 대화를 통해 짐작할 수 있지요. 이러한 예감은 소설의 결말 부분에서 더욱 강하게 느껴집니다. 바로 동이가 허 생원처럼 '왼손잡이'로 나타나는 장면에서 그들이 부자지간이라는 것을 확신할 수 있게 되죠.

　이러한 우연적인 사건의 결말은 이 소설의 호소력을 더 높이면서 우리 마음에 진한 감동을 안겨준답니다.

　메밀꽃이 하얗게 핀 달밤의 환상적인 분위기와, 과거와 현재가 교차하는 시간 속에서 나타나는 장돌뱅이들의 소박하지만 아름다운 삶을 느껴봅시다. 그리고 허 생원과 동이가 부자지간임을 암시하는 부분들을 하나하나 짚어가며 읽어 보고, 혈육을 찾게 되는 우연적인 사건 결말에 대한 암시를 자신의 생각대로 정리해 보면 더 즐거운 소설 읽기가 되겠죠?

　돼　지

　1933년에 《조선문학》에 발표된 〈돼지〉를 기점으로 작가 이효석의 작품 경향이 크게 변화되기 시작합니다. 초기의 동반자적 입장에서 쓰여진 작품들과는 달리 자연주의적이고, 순수 지향적인 경향을 보이게 되죠. 자, 그럼 〈돼지〉라는 작품에 대해 구체적으로 알아볼까요?

첫째, '돼지'는 가난한 농촌 총각인 식이의 꿈과 애착을 상징합니다.

〈돼지〉는 가난한 농촌 총각 식이가 '돼지'에게 갖는 꿈과 애착이 허무하게 무너지는 과정을 간결하게 보여주고 있습니다. 농촌의 삶과 주인공 식이의 좌절을 '돼지'라는 소재와 간단한 구성으로 실감나게 그려놓았죠.

이 작품에서 암돼지는 가난한 농가의 생계를 이어주는 중요한 역할을 하고 있어요. 그래서 주인공 식이는 그 돼지를 정성과 애착으로 부지런히 돌봅니다. 그야말로 암돼지는 식이의 유일한 꿈이자, 소망이죠.

도시를 동경하던 분이와 가난한 농촌의 삶에서 나름대로의 꿈을 키우며 사는 식이. 그런데 돼지를 팔아 분이를 찾아가려던 식이의 꿈은 돼지가 기차에 치여 죽음으로써 좌절되고 말아요. 식이에게 있어 돼지의 상실은 꿈의 좌절인 동시에 분이의 상실이기도 한 것입니다. 이러한 과정이 토속적이고 개성적인 묘사로 더욱 정감 있게 다가옵니다.

둘째, 암돼지의 역할과 분이와의 관계에 주목해 봅시다.

이 작품을 감상할 때, 주목해서 볼 것은 바로 암돼지의 역할입니다. 여기서 나타나는 암돼지는 그냥 동물로서의 돼지가 아니에요. 암퇘지는 생계 수단이자 식이가 좋아하는 분이를 생각하게 하는 소재가 되고 있어요.

암퇘지가 어느 정도 자라자 식이는 얼른 새끼를 얻고 싶은 욕심에 종묘장을 찾아 씨를 받습니다. 그런데 이 종묘장에서 씨를 받는 장면을 유심히 읽어 보세요. 그러면 단순히 동물의 본능만을 보여주는 장면이 아님을 알 수 있답니다. 다시 말해 암퇘지와 수퇘지가 교미하는 부분에서 식이는 어디론가 달아난 분이를 떠올리게 되죠. 인간과 자연이 교감하게 되는 거예요.

독후감 길라잡이

이 부분에서 작가 이효석의 자연적인 성에 대한 건강한 묘사가 두드러지는데, 〈돼지〉는 이 점에서 큰 의미가 있는 작품이랍니다. 또한 동물의 본능적 생태를 주인공 식이의 애욕과 자연스럽게 연결시킨 것이 이 작품의 묘미라 할 수 있죠.

자, 이렇게 이 소설에서는 암퇘지의 역할이 매우 중요하답니다.

암퇘지의 역할, 인간과 자연과의 교감, 분이와의 관계를 잘 생각하며 이 작품을 읽어 보세요. 더불어 작가의 문체와 사건 구성 등도 눈여겨보면 좋겠죠?

산

〈산〉은 1936년 《삼천리》에 발표한 작품으로, 산의 모습과 그곳에서 느끼는 감흥에 대한 묘사가 뛰어나 자연의 아름다움을 물씬 느낄 수 있습니다. 자, 이제부터 좀더 자세히 작품을 분석해 볼까요?

첫째, 인간 세계에서 자연 세계로의 회귀를 보여줍니다.

사건보다는 묘사가 중심인 이 짤막한 단편은 자연을 동경하는 작가 이효석의 경향을 뚜렷하게 보여준답니다. 후기로 갈수록 순수 문학을 지향했던 작가의 아름다움의 대상은 '산', 바로 자연이었죠. 그래서 그의 작품에서 인간 사회는 부정적인 시각으로 그려지고 있답니다.

〈산〉의 주인공인 중실은 인간 사회와 단절되어, 산에서 사는 도피적인 성격의 인물이에요. 머슴살이를 하다가 억울하게 누명을 쓰고 쫓겨난 중실은 오히려 산에 들어오기를 잘했다고 생각합니다. 이러한 자연에 대한 만족은 작가의 현실 도피성을 보여준다고 할 수 있죠.

이 작품은 고달픈 머슴살이 인생에 초점을 맞추지 않았어요. 인간 세계에서 자연 세계로 회귀하여, 자연의 아름다움을 만끽하고 그것에 감탄하며 사는 생활에 초점이 맞춰져 있습니다. 자연에 대한 애정은 물아일체(物我一體), 즉 자연과 하나가 되는 경지에 이르게 된 것입니다. 이러한 자연과의 합일은 이 소설의 마지막 부분인, 중실이 밤하늘의 별을 세는 장면에 잘 드러나 있답니다.

별 하나 나 하나, 별 둘 나 둘, 별 셋 나 셋…… 세는 동안에 중실은 제 몸이 스스로 별이 됨을 느꼈다.

사건 전개보다는 자연 묘사가 중심이 되어, 소설이라기보다는 오히려 수필에 가까운 것이 이 작품의 한계라 할 수 있죠. 일제 치하의 강압적인 사회 현실이 작가 이효석으로 하여금 현실을 도피하여, 자연에 몰입하게 한 것이라고 짐작해 볼 수 있는 작품입니다.

둘째, 자연에 대한 주인공의 애틋한 교감이 나타나 있습니다.

이 작품에서는 '산', 즉 자연에 대한 주인공의 애정이 강하게 나타납니다. 특히 소설 앞부분을 보면, 주인공 중실이 산을 예찬하면서, 산과 하나가 되고 한 그루의 나무가 됨을 느끼며 자연과 교감하는 것을 알 수 있습니다. 이렇게 자연을 사랑하는 중실의 마음과 더불어 중실의 심리 상태와 자연과 동화되는 삶이 한눈에 그려지는 작품입니다. 인간과 자연이 만나 하나가 되는 부분에서 여러분들도 중실이 느끼는 감흥을 느낄 수 있을 거예요.

이처럼 이효석 문학의 본질인 자연주의와 순수 문학의 경향을 작품 속에서 한껏 느껴보는 것이 〈산〉을 감상하는 핵심입니다.

들

1936년 《신동아》지에 발표한 〈들〉은 〈산〉에 비해서는 비교적 구체적인 사건이 언급되지만, 역시 자연에 대한 강한 애착을 서정적인 묘사를 통해 나타내고 있습니다. 학교에서 쫓겨난 주인공 학보가 고향에 돌아와 자연의 품안에 안겨 살아가는 과정이 자연스럽게 그려지고 있죠. 그 가운데 학보와 옥분과 문수와의 관계가 사건으로 전개됩니다. 자, 지금부터 이 작품을 자세히 살펴볼까요?

첫째, 자연에 대한 동경이 강하게 드러나 있습니다.

주인공 학보를 통해 자연을 사랑하는 마음과 열정, 자연에 대한 동경을 느낄 수 있죠. 자연과 하나가 되는 부분은 '들'과 주위 자연에 대한 뛰어난 묘사로 더욱 아름답게 피어오릅니다. 이효석의 독특하고 아름다운 언어와 서정적인 문체가 여기서도 유감없이 발휘되고 있습니다.

그러나 이 작품 역시 현실 도피적인 성격을 띠고 있고, 사건보다는 묘사 중심으로 이야기가 구성되어 소설로서의 한계점을 지니고 있답니다.

둘째, 원초적인 성(性)의식이 나타나 있습니다.

작품에서 암캐와 수캐가 교미하는 장면을 보면, 원초적인 본능이 인간에게 도덕성이나 수치심을 불러일으키는 것이 아니라 건강한 자연성과 순수성을 느끼게 함을 알 수 있습니다. 자연적인 성이 인간의 건강한 성의식으로 발전하게 되는 것이죠.

이 소설을 감상하는 데 핵심이 되는 것은 주인공의 상황과 사건이 일어나게 되는 과정입니다. 그러니까 자연의 세계로 빠져들 수밖에 없는 주인공의 상황과, 옥분과의 관계가 자연스럽게 이루어질 수 있었던 자연적 배경 등을 눈여겨보는 게 중요하겠죠?

그리고 자연적 본능이 어떻게 인간의 성의식과 연결되는지 생각해 보고, 과연 건강한 성의식은 무엇일까에 대해서도 고민해 봅시다. 아름다운 자연을 한층 돋보이게 묘사한 이효석의 언어를 음미하면서 말이에요.

등장인물 알기

메밀꽃 필 무렵

허 생원 얽둑빼기이며 왼손잡이인 허 생원은 간신히 입에 풀칠하며 돌아다니는 장돌뱅이입니다. 그는 여자와는 평생 인연이 없었지만, 딱 한 번 봉평에서 성 서방네 처녀와 기막힌 하룻밤을 지낸 일이 있는데, 그 일이 그에게는 가장 소중한 추억이죠.

달밤에 어린 장돌뱅이 동이와 대화까지 동행하면서 그 추억을 이야기하던 허 생원은 동이에게서 그의 어머니에 대한 이야기를 듣게 되고, 어머니의 친정이 봉평이라는 말에 눈이 흐릿해져 개울에 빠지게 되죠. 동이의 등에 업혀 물을 건넌 후, 좀더 업혔으면 하는 아쉬움을 뒤로하고 물에 빠진 것을 나귀 탓으로 돌리는데, 그때 동이도 자신처럼 왼손잡이인 것을 보게 됩니다. 그리고 동이가 자신의 아들일지 모른다는 강한 확신이 들게 되죠.

주인공 허 생원은 볼품없고 초라한 장돌뱅이지만, 자연을 사랑하고 긍정적인 자세로 살아가는 인물입니다. 또한 소박하면서도

217

토속적인 인간형이며 아름다운 자연과 교감하는 인물이지요.

　동이　어머니와 폭력적인 의부 밑에서 자라다가 집을 뛰쳐나와 장을 돌아다니는 어린 장돌뱅이인데, 대화장으로 가는 밤길에 허 생원의 옛 추억을 듣고 자신의 어머니에 대한 이야기를 꺼냅니다. 여러 가지 단서를 통해 동이가 허 생원의 아들임을 예감할 수 있어요.

돼　지

　식이　주인공 식이는 가난한 농가에 도움이 되고자 돼지를 키우는 농촌 총각인데, 농가의 생명선이며 꿈인 돼지를 온갖 정성을 들여 키웁니다. 암퇘지가 씨를 받는 광경에서는 정을 주고 지냈던 분이 생각에 빠져듭니다. 그러나 집으로 돌아오는 길에 도망간 분이를 찾으러 가야겠다는 생각에 골몰한 나머지 달리는 기차에 돼지를 잃고 망연자실해 합니다.

　분이　식이와 정을 주고 지내던 사이로 어느 날 갑자기 어디론가 도망을 갑니다. 평소 도회지 생활을 동경하던 처녀였죠.

산

　중실　김 영감 집에서 칠팔 년 정도 머슴살이를 한 청년으로, 돈 한 푼 제대로 못 받고 머슴살이만 죽도록 하다가 영감의 첩과 정을 통했다는 오해를 받고 쫓겨납니다. 그리고 제일 친했던 '산'으로 들어가 살면서 오히려 산에 들어오기를 잘했다고 만족해 한답니다. 다만 그에게 한 가지 욕심이 있다면 마을에 사는 용녀를 색시삼아 산에서 함께 정답게 살고 싶은 것이랍니다.

용녀 중실이 장가를 들기에는 그만한 색시가 없다고 생각하는 이웃집 처녀죠.

들

학보 도회에서 학교를 다니다가 퇴학을 맞고 고향으로 쫓겨 내려온 청년으로, 몇 해 동안 하는 일 없이 들과 벗하며 자연의 아름다움에 푹 빠져 살아갑니다. 그러던 어느 날, 개울녘 풀밭에서 교미하는 암캐와 수캐를 보다가 옥분을 만나게 되고, 딸기밭에서 두 번째의 만남을 가져 자연스럽게 관계를 맺게 되죠. 이후 옥분과의 관계에 대해 고민하던 그는 친구 문수도 옥분과 관계가 있었다는 말을 듣고 안심을 하게 됩니다.

문수 학보와 궁박한 현실과 책 이야기를 하며 가깝게 지내는 친구 사이. 금지된 책을 읽다가 다니던 학교에서 쫓겨나고 급기야는 끌려가기까지 합니다. 문수는 자신 역시 옥분과 관계를 맺은 사이임을 학보에게 말하지요.

옥분 군청 고원 득추와 성혼되어 있는 사이였으나 옥분의 가세가 기울자 파혼을 당하게 됩니다. 이후 자포자기 상태가 된 옥분은 들에서 만난 학보, 문수 등과 관계를 맺습니다.

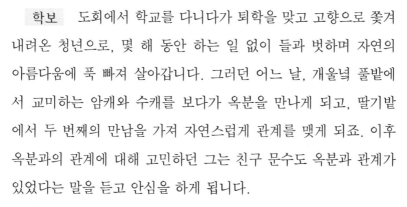

4. 작가 들여다보기

호는 가산(可山). 강원도 평창에서 장남으로 태어난 이효석은 1913년 평창 보통학교에 입학했고, 1925년 경성제일고보를 거쳐 경성제대 법문학부 영문과에 입학했습니다.

조선인 학생회인 〈문우회(文友會)〉에 참여하여 그 기관지인 《문우》와 예과 학생회지인 《청량》에 유진오·이재학 등과 더불어 시를 발표했습니다. 《매일신보》 신춘문예에 〈봄〉이 가작으로 입선한 후 계속 그곳에 시와 단편을 발표하기 시작했고, 1928년 《조선지광》에 단편 〈도시와 유령〉이 실려 그때부터 동반작가로 불리게 됩니다.

1930년에 학교를 졸업한 그는 결혼 후 총독부 경무국 검열계에서 근무하지만 보름도 못 되어 주위의 질책으로 회의를 느끼고 그만두게 됩니다. 처가인 경성으로 내려온 그는 문학동인회인 〈구인회〉에 참여하여 창작 생활에 전념하며, 동반작가를 청산하고 본래의 자연주의적 경향으로 돌아갑니다.

1933년 《조선문학》 창간호에 발표한 단편 〈돼지〉는 그런 순수 문학으로의 전환을 보여주는 작품입니다. 1934년 평양 숭실전문학교 교수로 부임하면서 평양으로 이주하게 되는데, 이후 1936년에 〈분녀〉, 〈산〉, 〈들〉, 〈메밀꽃 필 무렵〉 등을 발표하며 그의 성숙한 성 묘사의 탐미적 경향과 자연적 토착 세계의 서정주의를 유감없이 보여줍니다.

1937년 〈개살구〉, 〈낙엽기〉, 1938년 〈장미 병들다〉 등 자연적이고 토속적이었던 초기 경향과는 달리 서구 지향적인 후기 작품 세계를 보여주어 논란이 되기도 했습니다.

그가 평소 맨스필드나 체홉, 입센, 토머스 만 같은 유명한 외국 작가들의 작품을 섭렵한 것이 이러한 그의 문학 세계의 바탕이 되었던 것으로 보입니다.

이효석은 평소 유럽을 동경했으며, 침대를 썼고, 우유나 커피를 즐겨 마셨을 뿐만 아니라 서양 음악과 영화를 좋아했다고 해요.

1942년 〈풀잎〉, 〈일요일〉 등의 단편을 발표한 것을 마지막으로 5월 25일 뇌막염으로 사망한 그는 평창군 진부면 고등골에 부인과 나란히 안장되었습니다. 그의 생애를 연도별로 자세히 살펴볼까요?

1907년　강원도 평창군 진부면 하진부리에서 1남 1녀 중 장남으로 출생. 호는 가산.

1925년　경성제대 예과에 입학. 동인지 《문우》 등에 작품 발표.

1927년　예과를 거쳐 경성제대 법문학부 영문과에 진학. 《매일신보》 신춘문예에 〈봄〉이 가작으로 입선.

1928년　단편 〈도시와 유령〉을 《조선지광》에 발표, 동반작가로 데뷔.

1930년　경성제대 졸업. 단편 〈깨뜨려지는 홍등〉, 〈하르빈〉,

〈약령기〉, 〈서점에 비친 도시의 일면〉을 발표.

　1931년　은사의 주선으로 총독부 경무국 검열계에 취직했으나 회의를 느껴 보름도 못 되어 처가인 경성으로 낙향. 경성농업학교 교사로 부임. 단편 〈노령근해〉, 〈상륙〉, 〈북극통신〉 발표. 창작 생활에 전념.

　1932년　단편 〈오리온과 능금〉, 〈북국점경〉, 〈무풍지대〉, 〈첩자를 질타함〉 발표.

　1933년　문학 동인회인 〈구인회〉의 회원으로 활약하며 창작 활동에 전념. 단편 〈돼지〉, 〈수탉〉, 〈가을과 서정〉 등 발표. 본령인 순수문학으로 전향.

　1934년　평양 숭실전문학교 교수로 부임. 〈수난〉, 〈일기〉, 〈두 처녀상〉 발표.

　1936년　단편 〈분녀〉, 〈산〉, 〈들〉, 〈메밀꽃 필 무렵〉, 〈석류〉 등 발표.

　1937년　단편 〈성찬〉, 〈개살구〉, 〈인간 산문〉, 〈낙엽기〉 등 발표.

　1938년　단편 〈장미 병들다〉, 〈해바라기〉, 〈가을과 산양〉 등 발표. 기타 다수의 수필 발표.

　1940년　장편 〈벽공무한〉, 단편 〈화초〉, 〈북경호일〉 등 발표.

　1942년　단편 〈풀잎〉, 〈일요일〉 발표. 뇌막염으로 별세. 그의 작품은 거의 모든 장르에 걸쳐 있으며, 작품 수는 220여 편에 달함.

5. 시대와 연관짓기

■ 현실 도피 속에 드러난 언어 예술의 극치

일제 강점기 시대인 1920년대 유입된 경향파는 문단으로 급속도로 스며들게 되었으며, 이를 근거로 한 카프(KAPF)가 결성되었습니다.

잠깐, 여기서 경향파와 카프에 대한 설명을 간단하게 해드릴게요. 경향파는 국내 지식인들이 일본 유학을 통해 사회주의 사상을 도입하고, 3·1 운동 이후 일제 식민 통치에 대응하려는 움직임으로 다양한 사회단체들이 결성되면서 형성되었는데, 문단에서도 이러한 영향으로 계급주의 문학 단체인 카프가 결성되었고, 본격적인 사회주의 문학이론이 도입되었답니다.

그래서 경향파 문학은 사회에 대한 비판 의식과 투쟁 의식을 강조하는 것이 특징이라 할 수 있죠. 이효석도 이러한 소용돌이에 들게 되었으나 카프에 가입하지는 않은 채 동반작가로 불렸죠. 그렇다면 '동반작가'란 무엇일까요?

동반작가는 카프의 입장에서 보기에는 회원이 아니지만, 카프가 가진 프로 문학(정식 명칭은 프롤레타리아 문학이에요. 경향 문학, 계급 문학이라고도 하지요. 순수 문학과 대립되는 문학 경향이랍니다)의 사상성을 긍정하고 지지하며 보조해 나가는 작가를 가리키는 것이에요. 그런데 이효석은 동반작가를 자처한 흔적이 보이지 않고, 그 시대의 흐름에 따라 작품 활동을 했던 것으로 보여

독후감 길라잡이

요. 왜냐하면 그 당시 동반작가로 불리지 않은 사람은 거의 없었기 때문이죠.

그러나 일제의 탄압이 심해지고, 카프가 해체되면서 1930년대 작가들의 의욕은 순수 문학을 지향하려는 경향과, 사회 의식에 의한 현실 지향의 갈등을 통해 삶의 지표를 추구하려는 경향으로 나타났지요. 이 때 이효석의 문학 경향은 단편소설 〈돼지〉를 기점으로 순수 문학에의 지향으로 나타나게 된답니다.

1933년 정지용, 유치진, 김기림, 이상, 이태준 등과 더불어 〈구인회〉를 만드는데, 구인회는 탈이데올로기적이면서 순수 문학을 옹호한 문학 단체였습니다. 그러나 이효석은 곧바로 그것을 그만두고 그 뒤로는 어떤 모임에도 가담하기 싫어했다고 하는군요.

그는 단편 〈수탉〉, 〈돼지〉, 〈가을과 서정〉 등을 발표하면서 자연주의적 성향으로 전환하게 됩니다. 이후 주로 토속적이고 섬세한 언어로 자연과 성(性)을 묘사하는 작품을 쓰게 되는데, 이는 일제 시대의 치열한 현실에서 도피하여 자연에 안주하려는 현실 도피적인 성향이라는 비판을 받기도 했습니다. 유럽에 대한 동경이 작품으로 구체화되기도 했는데, 이것 역시 현실 도피적이라 하여 논란을 일으켰답니다.

그러나 이효석은 그 당시에는 볼 수 없었던 문학 장르를 개척하고, 문학의 다양성에 기여했다는 의의를 지니죠. 그의 작품 〈메밀꽃 필 무렵〉은 토속성과 언어 예술의 극치를 보여준 작품으로 높이 평가되고 있답니다.

6. 작품 토론하기

메밀꽃 필 무렵

1 허 생원과 나귀의 관련성은 무엇이며, 나귀를 통해 허 생원의 어떤점을 형상화하여 나타내고 있는지 토론해 보자.

➡작품을 살펴보면 나귀의 외양이나 처지가 허 생원과 비슷함을 알 수 있습니다. "같은 주막에서 잠자고, 같은 달빛에 젖으면서 장에서 장으로 걸어다니는 동안에, 이십 년의 세월이 사람과 짐승을 함께 늙게 하였다. 가스러진 목 뒤 털은 주인의 머리털과도 같이 바스러지고, 개진개진 젖은 눈은 주인의 눈과 같이 눈곱을 흘렸다. 몽당비처럼 짧게 쓸리운 꼬리는 파리를 쫓으려고 기껏 휘저어 보아야 벌써 다리까지는 닿지 않았다. 닳아 없어진 굽을 몇 번이나 도려내고, 새 철을 갈아 신겼는지 모른다. 굽이 벌써 더 자라나기는 틀렸고, 닳아버린 철 사이로는 피가 뻬짓이 흘렀다." 이와 같이 반평생을 같이 살아온 동물로서 허 생원의 마음까지 그대로 나타줍니다.

2 인간과 자연과의 조화를 잘 묘사하고 있는 부분은 어디인가? 또한 허 생원과 동이를 가깝게 해주는 자연물들에는 어떤 것들이 있는지 이야기해 보자.

➡️이 작품에서 자연에 대한 묘사는 인간과의 교감을 형성한다는 점에서 중요합니다. 당나귀가 암놈을 보고 발광하였다는 어린 아이들의 장난스런 말투에 허 생원이 얼굴이 뜨거워지는 장면이나, 허 생원이 고향 산천을 그리워하는 장면의 묘사, 대화까지 가는 밤길에 펼쳐지는 배경의 묘사가 모두 주인공의 마음과 일치하고 있지요.

허 생원과 동이를 가깝게 해주는 자연물에는 당나귀, 달빛에 비치는 산길, 그리고, 허 생원이 물에 빠지는 개울 등이 있습니다.

돼   지

1 이 작품에서 암퇘지의 역할은 무엇이며, 동물과 인간과의 교감이 어떻게 나타나는지 이야기해 보자.

➡️암퇘지는 그냥 동물이 아니라 식이의 생계 수단이자 식이가 좋아하는 분이를 생각하게 하는 매개체입니다. 암퇘지가 수퇘지와 교미하는 부분에서 식이는 어디론가 달아난 분이를 떠올리게 되는데, 이 부분이 인간과 자연의 교감을 보여주고 있습니다.

2 식이의 갈등은 무엇이며, 암퇘지와 어떤 관련성이 있는지 이야기해 보자.

◆암퇘지는 주인공의 살림 밑천일 뿐만 아니라, 그것을 통하여 사랑을 떠올리고, 사랑을 이룰 수 있게 해줄 매개체가 되는 되는 셈입니다. 그런데 그 돼지가 죽어 버렸으니 식이의 꿈도 사라지게 된 것입니다.

산

> **1** 이 작품이 현실 도피적이라는 비판에 대해 토론해 보자.

◆작품이 쓰여진 시대가 일제 식민지 시대임을 염두에 두어야 합니다. 자연 속에 살면서 자연과의 교감을 통하여 행복을 느끼고, 그 생활 속에서 자급자족하는 많은 짐승들과 동화된 채 사회 제도, 풍습, 습관, 윤리관의 밖에 존재하는 인간형을 그린 것은 현실 도피라는 말을 들을 만합니다.

그러나 아무런 희망도 없던 일제 시대에 지식인들이 꿈꿨던 세계가 그런 것이 아니었겠는가 생각해 볼 수도 있습니다. 그리고 주인공이 아주 세상 일에 무관심한 것이 아니라, 결국은 세상의 소문을 듣고 용녀를 그려보는 평범한 인간임을 함께 고려하고 토론해 봅시다.

들

1 동물적 본능이 인간의 건강한 성의식으로 전환된다는 견해에 대하여 어떻게 생각하는가?

➡️ 주인공 '나'는 자연 환경 속에서의 본능적 생활에 희열을 느끼는 사람으로, 들녘에서 벌이는 개들의 사랑 행위를 보고, 옥분과 달빛이 쏟아지는 딸기밭에서 자신들이 마치 자연의 일부분이 된 것처럼 관계를 맺습니다. 결국 자연의 순수성과 원시성이 인간들의 관계에까지 영향을 주는 것은 당연한 것입니다. 왜냐하면, 인간도 결국은 자연의 일부이기 때문이죠. 특히 자연 속에서의 성의 순수성, 건강성에 대하여 말하는 부분을 찾아 보고, 그에 대한 자신의 견해를 말해 봅시다.

🎯 독후감 예시하기

▌독후감 1 ▌ 자연과 하나되는 삶

— 〈메밀꽃 필 무렵〉을 읽고

이 작품을 읽으면서, 나는 신기한 경험을 했다. 마치 가보지도 않은 봉평에서 대화까지의 밤길을 허 생원과 동이와 함께 나귀를 이끌고 직접 걸은 것처럼 장면 장면들이 생생하게 떠오르는 것이다. 신비로우면서도 아름다운 달밤의 광경이 눈앞에 선하다.

아! 이렇게 아름다운 밤길을 실제로 걸으면 얼마나 좋을까? 신비한 자연의 세계로 빨려 들어가는 것 같다.

보름을 갓 지난 달은 부드러운 빛을 흐뭇이 흘리고 있다…… 길은 지금 긴 산허리에 걸려 있다. 밤중을 지난 무렵인지 죽은 듯이 고요한 속에서 짐승 같은 달의 숨소리가 손에 잡힐 듯이 들리며, 콩포기와 옥수수 잎새가 한층 달에 푸르게 젖었다. 산허리는 온통 메밀밭이어서 피기 시작한 꽃이 소금을 뿌린 듯이 흐뭇한 달빛에 숨이 막힐 지경이다.

내가 이 소설을 읽으면서 가장 마음에 와 닿은 부분이다. 어쩌면 이렇게 아름답고 섬세할 수 있을까? 마치 시를 읽는 듯한 기분이 든다.

그런데 이보다 더 나를 작품 속으로 강하게 끌어들이는 것이 있었다. 바로 허 생원과 동이의 대화에서 나타난 흥미로운 이야기들이다.

이 작품에 등장하는 인물들간의 관계와 그 속에서 잔잔하게 펼쳐지는 이야기들이 나의 호기심을 자극한 것이다.

이 작품의 주인공은 장돌뱅이 허 생원이다. 여러 장터를 돌아다니며 이십 년 넘게 장돌뱅이를 해온 그는 얽둑빼기이며 왼손잡이다. 그러나 초라하고 고달픈 인생임에도 불구하고 허 생원은 자연을 벗삼아 희망을 잃지 않고 꿋꿋이 살아간다. 여러 곳을 떠돌며 만나게 되는 아름다운 강산이 그에게는 그리운 고향이기에, 거꾸러질 때까지 그 길을 걸으려 하는 것이다.

여기서 허 생원을 이야기할 때 빼놓을 수 없는 것이 있다. 바로 허 생원과 반평생을 함께 지내온 나귀이다. 오랫동안 함께 살았으니 당연히 둘은 닮을 수밖에 없는 것 같다. 나귀는 허 생원처럼 목 뒤 털도 바스러지고 눈곱을 흘리는 늙고 볼품없는 짐승이다. 그러나 냄새만으로도 주인을 분간하니 기특하기만 하다. 문득 나에게도 이렇게 나를 알아보고 따르면서 나를 닮기까지 한 동물이 하나 있으면 좋겠다는 생각이 들었다.

허 생원에게는 달밤이면 꼭 꺼내는 애틋한 옛이야기가 있다. 그 옛날 딱 한 번 봉평에서 성 서방네 처녀와 하룻밤을 지낸 일이었는데, 그에게는 잊을 수 없는 아름다운 추억이다.

그런데 우연하게도 허 생원은 어린 장돌뱅이인 동이와 이야기를 나누면서 동이의 어머니가 자신의 추억 속 성 서방네 처녀인 듯한 암시를 받게 되고, 동이가 채찍을 왼손에 든 것을 보고 자기 아들임을 확신하게 된다.

이렇게 드러나는 허 생원과 성 서방네 처녀와 동이의 관계는 나귀에 빗대어서 그대로 나타나고 있기도 하다.

"저 꼴에 제법 새끼를 얻었단 말이지. 읍내 강릉집 피마에게 말일세. 귀를 쫑긋 세우고 달랑달랑 뛰는 것이 나귀새끼같이 귀여운 것이 있을까. 그것 보러 나는 일부러 읍내를 도는 때가 있다네."

허 생원은 나귀, 성 서방네 처녀, 그러니까 동이의 어머니는 강릉집 피마, 그리고 동이는 나귀새끼라고 생각할 수 있다. 놀랍게도 너무나 잘 맞아떨어진다. 인간과 동물의 관계가 이처럼 그대로 일치하고 있는 것은 인간과 자연이 아주 가깝고 하나라는 것을 보여주는 것 같다.

하여튼 여러 곳에서 허 생원과 동이가 부자지간임이 드러나는데, 그런 부분을 찾아가면서 읽으니 마치 탐정이 되어 그들 사이를 밝혀나가는 것 같아 더욱 재미가 있었다.

일제 치하에서 쓰여진 〈메밀꽃 필 무렵〉은 일제의 탄압이 심한 괴로운 현실을 부정하고 자연으로 도피해 버렸다는 비판을 받기도 한다지만, 섬세하고 시적인 문체로 인간이 자연의 일부가 되어 살아가는 모습이 얼마나 아름다운지를 잘 보여주고 있다는 생각이 든다. 한마디로 인간과 자연이 함께 어우러진 한 폭의 아름다운 그림이다!

인간이 자연을 지배한다는 사고방식을 가지고 자연적인 것, 본능적인 것을 모두 인공적인 것으로 바꾸려는 오늘날의 현대인들! 그러면서도 갑갑한 도시를 벗어나 자연 속에서 휴식을 취하고 싶어하는 이중적인 모습들! 이런 우리들의 삶보다 장돌뱅이 허 생원의 삶이, 비록 가난하고 보잘것없지만 더 순수하고 행복하게 느껴졌다.

21세기의 눈부신 과학 혁명이 세상을 지배하는 지금도, 〈메밀
꽃 필 무렵〉은 메마른 우리들의 마음을 촉촉이 적시는 이슬과도
같다.

┃ 독후감 2 ┃ 삶과 꿈의 좌절

— 〈돼지〉를 읽고

초등학교 때의 일이다. 수업이 끝나 친구들과 정신없이 재잘거
리며 학교문을 나서면 정문 앞에 병아리 장수 아저씨가 있는 날
이 있었다. 고사리손만한 노란 병아리들이 짹짹거리고 있으면 차
마 지나칠 수 없어 엄마한테 혼날 것을 알면서도 봉지에 그 귀여
운 것을 담아 집으로 갔었다.

눈을 깜빡거리는 것도, 짹짹 소리내는 것도, 모이를 콕콕 쪼는
것도 모두 다 그저 신기하고 깜찍하게 여겨졌다. 병아리 꽁무니
를 쫓아다니며 열심히 모이를 주고, 잠시 한눈 팔면 사라질까봐
온종일 들여다보곤 했었다.

그러나 학교 앞에서 파는 병아리는 약해서 금방 죽는다는 것을
몰랐던 나는 정성을 다해 키운 병아리가 숨도 멎고 눈도 깜빡거
리지 않은 채 죽었을 때 충격이 너무도 컸다. 처음으로 나는 죽음
이라는 것을 경험한 것이다. 그때는 너무도 슬퍼서 며칠 간 밥도
제대로 먹지 못했다.

이 소설에 나오는 '돼지'의 죽음은 주인공 식이에게, 옛날에 내

가 느꼈던 슬픔과는 비교도 안 될 정도로 큰 충격이었을 것이라는 생각이 들었다.

나도 식이 못지않게 병아리를 정성 들여 키우기는 했지만, 내 병아리가 그저 호기심의 대상이었다면, 식이의 돼지는 식이네 집의 생명줄이자, 식이의 꿈이었기 때문이다.

푼푼이 모은 돈으로 갓난 양돼지 암놈과 수놈을 사왔을 때, 식이와 가족들이 돼지에게 거는 기대와 소망이 얼마나 컸을까? 그래서 식이는 돼지를 자기 방에 짚을 펴서 재우고, 자기 밥그릇에 물을 받아 먹이기까지 했다. 그런데 안타깝게 수놈이 죽어버렸으니 식이의 마음이 얼마나 아팠을까? 이제 남은 암돼지는 식이의 유일한 희망이었다.

이처럼 '돼지'는 이들에게는 없어서는 안 될 아주 중요한 것이다. 식이네 가족의 생활이 오로지 그 돼지에게 달려 있기 때문이다. 이런 것을 볼 때 '돼지'는 가난한 농촌의 삶을 보여주는 하나의 상징인 것 같다. 식이가 애지중지하면서 보살피는 것만 보아도 '돼지'가 얼마나 그의 간절한 소망이고 희망인지 알 수 있다. 그래서인지 '돼지'로 인해 일어나는 사건은 아주 짧고 간단하지만, 왠지 강한 여운이 남는다.

그런데 '돼지'는 식이에게 또 다른 의미가 된다.

식이는 아직 어린 암돼지에게서 하루라도 빨리 새끼를 얻고 싶은 마음에 종묘장에 가서 씨를 받는다. 첫 번째는 너무 어려 실패하고 두 번째에 가서야 성공한다. 새끼를 얻고 싶은 현실적인 소망과 함께 씨를 받는 암퇘지의 모습을 지켜보던 식이는 어느새 자기가 좋아하는 분이를 떠올린다. 이웃집에 사는 분이는 얼마 전 어디론가 도망쳐 버렸는데 그 분이가 자꾸 생각나는 것이다.

돼지를 보고 분이의 모습이 눈앞에 어른거리는 것이 괜히 부끄러웠던 식이. 그런 식이는 씨를 받은 돼지를 데리고 집으로 돌아오는 길에도 계속 분이 생각에 잠긴다. 그리고 돼지를 팔아 분이를 찾으러 갈 꿈에 부푼다. 이렇듯 암퇘지는 분이를 좋아하는 식이의 감정을 확인하게 하는 역할을 한다. 돼지는 식이네의 삶의 수단이자, 식이의 사랑과 꿈을 이루게 하는 존재인 것이다.

그런데 식이가 분이 생각에 정신없을 때부터 나는 왠지 불길한 생각을 떨쳐버릴 수 없었다. 기차 소리가 아련히 들려오는데도 식이는 정신을 놓고 있었던 것이다. 아, 저러다가 혹시……? 아니나다를까 분이 생각에 건널목을 건너면서 기차가 오는 줄도 몰랐던 식이는 날카로운 소리를 내며 지나가는 기차에 돼지를 잃었다. 순식간에 삶이며 꿈이었던 돼지가 사라져버린 것이다. 식이는 심장이 멈추는 것 같았을 것이다. 내가 꼭 그런 느낌이 들었기 때문이다.

아, 이제 식이네 집은 어떻게 되는 걸까? 세금도 못 내고 먹을 것은 어떻게 구하나? 식이가 너무 불쌍했다. 이제는 좋아하는 분이를 만나는 꿈도 깨져 버렸다. "한방에서 잠재우고, 한 그릇의 물 먹여서 기른 도야지, 불쌍한 도야지……." 하고 내뱉는 식이의 마지막 말이 나의 가슴을 찡하게 했다.

'돼지'라는 작은 소재로 이렇듯 농촌의 가난한 삶과 소박한 사랑에 대해 강한 여운을 남기는 작품을 쓸 수 있다니, 참으로 놀랍다. 그리고 작가 이효석의 구수하고 토속적인 언어가 농촌 총각 식이에게 일어난 사건에 참 잘 어울린다는 생각이 든다. 오랜만에 애잔하면서도 가슴 뭉클하게 하는 아름다운 소설을 접한 것 같아 흡족한 기분이다.

독후감 길라잡이

독후감
제대로 쓰기

메밀꽃 필 무렵

1. 책을 읽기 전에

우리는 책을 통해서 지식을 쌓고 학문을 연마하게 됩니다. 또한 교양을 얻고 수양을 쌓게 되지요. 그리하여 즐겁고 보람 있는 생활을 할 수 있는 것입니다. 이러한 습관이 지속된다면 이것이 곧 나의 생활 자체가 되고, 책을 읽는 시간이 얼마나 가치 있고 즐거운 시간인지 깨닫게 될 것입니다.

독후감을 쓰기 위해서는 책을 읽어야 함은 말할 것도 없습니다. 그러나 아무 책이나 읽는다고 다 좋은 것은 아닙니다. 특히 중학생은 아직 양서를 구별할 만한 충분한 지식을 갖추지 못했기 때문에 선생님 혹은 부모님, 그리고 선배들이 권하는 책이나, 이미 국내적으로나 세계적으로 잘 알려진 명작이나 명저를 찾아 읽는 것이 바른 방법이라고 볼 수 있습니다. 예컨대 사회적으로 존경받을 만한 사람들의 일대기를 그린 위인전이나 자서전 같은 것은 읽을 가치가 있으며, 명시 모음집이나 명작 소설, 특정한 분야의 관찰기, 평론집 같은 것도 좋은 읽을거리가 될 수 있습니다.

그럼 효율적인 독서를 위해서 어떤 점에 유의해야 할지 알아볼까요?

첫째, 본문을 읽기 전에 책의 앞부분에 있는 머리말이나 해설하는 글을 먼저 정독합니다. 그러면 책을 쓰게 된 동기나 평가 등에 대하여 잘 알 수 있게 되죠.

둘째, 목차를 잘 살펴봅니다. 목차에서 그 책의 내용이 어떻게 전개될 것인가에 대해 미리 파악할 수 있기 때문입니다.

셋째, 본문을 읽기 시작하면, 그 중에 잘 모르는 단어나 문구가 나오기 마련입니다. 그런 것은 곧 사전을 찾아 뜻을 알아두어야 합니다. 그런 것을 무시했다가는 자칫 전체를 이해하지 못하는 오류를 범할 수 있거든요.

넷째, 각 문단별로 소주제가 무엇인지를 파악하고, 그 줄거리를 요약하는 습관을 길러야 합니다. 특히 필자가 표현하려는 것과 그 뒷받침되는 내용이 무엇인지 알아내는 것이 필수겠지요.

다섯째, 글의 배경은 무엇인지, 앞뒤 맥락이 어떻게 이어지고 있는지를 잘 생각하면서 읽어야 합니다. 그리고 소설일 경우에는 주인공과 등장인물들의 성격이나 특성을 파악하는 것이 무엇보다 중요하겠지요.

여섯째, 다 읽은 다음에는 줄거리를 만들어 보고, 전체적인 주제가 무엇인지 정리하는 작업도 필요합니다.

⌞2⌝ 책을 감상하는 방법

책을 읽을 때는 내용을 진지하게 파고들어 가며 읽어야 합니다. 즉 자기의 현재 생활과 비교해 가면서 생각의 폭과 사고를 넓혀 나가는 것이 중요하답니다. 그리고 작품의 문체·제목·주제·논제 등도 염두에 두고 읽으면 나중에 독후감을 쓰기가 좀더 수월

해집니다.

그리고 저자가 강조하고 있는 내용과 사건들이 현재 우리 사회에 어떤 의미를 가지고 있으며 어떻게 발전시켜 나가야 할 것인가를 생각하며 읽습니다. 더불어 저자가 작품에서 강조하려고 하는 것이 무엇인가를 파악하며 읽을 필요가 있습니다. 그렇다고 굉장한 부담을 느끼면서 책을 읽을 필요는 없습니다. 책 읽는 것 자체를 즐긴다면 그리 깊게 생각하지 않아도 작가가 말하려는 바를 깨닫게 될 테니까요.

그렇다면 각 문학 장르에 따라 어떤 점에 유념하여 책을 읽어야 하는지 알아볼까요?

▌소설▌ 작품의 주제를 파악하고 작중 인물의 성격과 배경을 생각하며 주인공이 어떻게 변화되어 가고 있는가를 염두에 두고 읽습니다. 자신의 생각이나 현실과 결부시켜 보는 것도 재미를 배가시켜 줄 거예요.

▌시▌ 선입견을 갖지 않고 그대로 느낌을 받아들이며 읽습니다.

▌희곡▌ 무대 상연을 전제로 하여 쓰여진 것이기 때문에 시간적·공간적 제약을 받는다는 것을 염두에 두어야 합니다.

▌역사 소설▌ 인물·사건 등을 작가가 상상력에 의존하여 구성한 글로서, 항상 계몽사상이나 민족의식 고취 등 어떤 목적이 들어 있는지를 파악하며 읽어야 합니다.

┃역사┃ 역사는 역사 소설과는 구분지어야 합니다. 이것은 정확한 기록으로 글쓴이의 주관적 해석이 들어 있을 수 없으며, 시간의 흐름에 따라 사건을 나열한 것임을 생각해야 합니다.

┃수필┃ 지은이의 인생관이 들어 있습니다. 심리적 부담감이 적으므로 편안한 마음으로 읽을 수 있습니다.

┃전기문┃ 인물의 정신, 자취, 시대적 배경과 사회적 환경을 먼저 파악해야 합니다.

┃과학 도서┃ 미지의 세계에 대한 탐구심, 합리적 사고력 배양, 지식과 정보의 입수, 창의력을 기르는 데 도움이 되므로 평소 이에 대한 흥미를 갖는 것이 중요합니다.

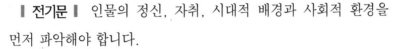

3. 독후감이란 무엇인가?

독후감은 말 그대로 어떤 글이나 책을 읽고, 그에 대한 느낌이나 생각을 쓰는 것입니다. 좋은 책을 읽고 그것을 정리해 두지 않는다면 곧 그 내용을 잊어버려, 독서를 한 만큼의 가치를 얻지 못할 수도 있으니까요. 그러므로 한 권의 책을 읽으면 곧 그 책의 내용을 정리하고, 느낌이나 생각을 적어 두는 것이 좋습니다.

독후감은 느낌이나 생각을 거짓 없이 써야 하나, 그렇다고 아무렇게나 써도 되는 것은 아닙니다. 즉 독후감도 글이므로 수필의 형식으로 쓰든, 논술의 형식으로 쓰든, 정확하게 읽고 주제와 내

용에 맞게 써야 함은 물론이죠. 아무리 좋은 글이나 책이라도, 잘
못 읽어 실제와 맞지 않는 생각이나 느낌을 쓰면 좋은 독후감이
라고 할 수 없거든요. 그러므로 좋은 독후감을 쓰려면 독서를 잘
해야 한다는 것이 전제됩니다. 독서를 잘하는 방법은 따로 있는
게 아니라, 그저 많이 읽다 보면 요령이 생기고, 이해도 쉽게 되
며, 능률도 오르게 되는 것입니다.

4. 독후감은 왜 쓰는가?

독후감을 쓰는 목적은 독후감을 작성함으로써 독서하는 능력이
향상되고 글 쓰는 훈련을 할 수 있기 때문입니다. 그러므로 독후
감을 쓰기 위해 책을 읽으면 보다 깊은 생각을 하면서 책을 읽게
됩니다. 또한 책을 통해 생활을 반성하며, 책에서 얻은 지식과 감
명을 음미하여 자기 생활에 적용시킬 수 있습니다. 문장력과 논
리적 사고가 향상되는 것은 물론이고요! 그럼 독후감을 왜 쓰는
지 다음과 같이 정리해 볼까요?

1 읽은 책의 내용을 되살려 다시 음미해 볼 수 있습니다.

2 감동을 간직하고 책 읽는 보람을 얻을 수 있습니다.

3 책을 통해 지식을 심화시킬 수 있습니다.

4 책을 통해 자신의 문제를 연관지어 볼 수 있습니다.

5 글을 써 봄으로 해서 생각을 깊이 있게 할 수 있습니다.

⑥ 독서 목표를 확실히 할 수 있습니다.

⑦ 작품에 대한 비판력과 변별력을 기를 수 있습니다.

⑧ 자신의 생각을 조리 있게 쓸 수 있는 작문력을 향상시켜 줍니다.

⑨ 사고력과 논리력, 추리력을 기를 수 있습니다.

⑩ 바르게 책을 읽는 습관을 형성할 수 있습니다.

5. 독후감을 쓰기 전에 생각하기

독후감은 수필의 형식이든 논술의 형식으로든 쓸 수 있다고 했는데, 사실 이 둘의 차이는 모호합니다. 다만, 수필이 자유롭게 붓 가는 대로 쓰는 것이라면 논술은 논리 정연하게 쓴다는 점이 다르다고 할 수 있습니다.

붓 가는 대로 자유롭게 수필의 형식으로 쓰는 독후감이라도 글의 앞뒤가 맞지 않는다든지, 주제가 통일되지 않으면 좋은 평가를 받을 수 없습니다. 논리 정연하게 쓰는 독후감이라면, 서론·본론·결론으로 나누어 서술해야 함은 물론이구요.

서론에 해당되는 부분에서는 그 책에 대한 소개나 쓴 사람의 생애, 또는 특기할 만한 일화 같은 것을 적는 것이 일반적입니다.

본론에 해당하는 부분에서는 그 책을 읽고 특별히 다루려는 내용을 체계적이고 구체적으로 써야 합니다.

결론에서는 본론에서 다룬 내용을 요약하거나, 자신이 읽은 후의 감상, 그 책의 좋은 점, 나쁜 점 등을 들어서 마무리를 해야 합니다.

독후감은 짧게 쓰는 것이 상례이므로, 작품 전체를 거론하기보다는 특정한 주제를 잡아서 쓰는 것이 좋습니다. 보편적으로 다룰 수 있는 몇 가지 주제를 제시해 보면 다음과 같습니다.

첫째, 작가의 의식이나 주인공의 언행, 성격과 연관지어 주제를 구현시키는 방법입니다. 문학 작품이라면 주제가 애정이나 애국, 의리나 배반일 수 있으므로 이러한 점에 초점을 두고 써야겠지요. 또한 과학에 관계된 것이라면, 그 발명의 의의나 연구자의 노력과 관련시켜 서술해야 하겠지요.

둘째, 저자의 이념이나 생애, 업적에 관심을 두고 쓰는 방법입니다.

그 작품을 통하여 알 수 있는 저자의 철학이나 사상 또는 저자가 그 작품을 남기기까지의 역경이나 작품을 쓰게 된 동기, 작품의 가치나 다른 작품에 미친 영향 등 작품과 연관시켜 쓰는 것이지요.

셋째, 작품의 내용을 중심으로 기술합니다

예컨대, 작품 속 주인공의 성격을 분석하거나 다른 사람과 비교해 볼 수도 있고, 그 작품의 사건이나 시대적 배경을 논의하거나, 작품의 구성 같은 것에 초점을 두고 이야기할 수도 있습니다.

이와 같이 작품을 읽기 전에 먼저 어떤 점에 중점을 두고 독후감을 쓸 것인가를 염두에 둔다면, 그렇지 않은 경우보다 훨씬 이해가 쉽고, 나중에 독후감을 쓰는 데도 도움이 될 것입니다.

6. 독후감의 여러 가지 유형

1. 처음에 결론부터 쓴 다음 왜 그러한 결론이 도출되었는지 자기의 감상을 자세하게 쓰거나 또는 감상을 먼저 쓰고 결론을 씁니다.

2. 책을 읽게 된 동기부터 설명하고 글 중간에 자기의 감상을 씁니다.

3. 저자나 친구에 대한 편지 형식으로 감상을 쓰거나 주인공에게 대화 형식으로 씁니다.

4. 시(詩)의 형태로 감상문을 씁니다.

5. 대화문(對話文) 형식으로 씁니다.

6. 줄거리부터 요약한 다음 자기의 느낌이나 생각을 씁니다.

7. 독후감을 구체적으로 쓰는 방법

어렵게 쓰겠다는 생각은 하지 말고 쉽게 써야겠다는 마음가짐을 가져야 좋은 글이 나올 수 있습니다. 그리고 무엇보다 감상문을 쓰기 전에 무엇을 어떻게 쓸까 조목별로 골자를 먼저 쓰고, 이 골자에 살을 붙이는 방법으로 쓰려고 노력해야 합니다. 이때 의도적으로 아름답게 잘 쓰려고 하지 않는 것이 좋습니다. 자, 그럼 더 자세하게 알아볼까요?

1. 먼저 제목을 붙입니다.
2. 처음 부분(머리글)을 씁니다.
   ◈ 책을 읽게 된 이유나 책을 대했을 때의 느낌을 씁니다.
   ◈ 자신의 생활 경험과 관련지어 써 봅니다.
   ◈ 제일 감동받은 부분을 씁니다.
   ◈ 지은이나 주인공을 소개하는 글을 씁니다.
3. 가운데 부분을 씁니다.
   ◈ 자기의 생활과 견주어 씁니다.
   ◈ 주인공과 나의 경우를 비교해서 씁니다.
   ◈ 시시비비를 분명히 가려야 합니다.
   ◈ 가장 극적이었던 부분을 소개합니다.
4. 끝부분을 씁니다.
   ◈ 자신의 느낌을 정리합니다.
   ◈ 자신의 각오를 씁니다.

독후감을 쓴 다음에는 다음과 같은 추고의 과정이 필요합니다.

첫째, 쓴 글을 다시 한 번 읽으면서 맞춤법이나 표준어 규정에 어긋나는 것은 없는지 살펴봐야 합니다.

둘째, 문장이 잘 구성되어 있는지, 또 문단이 잘 짜여져 있는지 알아보아야 합니다. 한 문단에는 소주제문과 보조문들이 있어야 하는데, 그런 점이 잘 지켜져 있는지 유의해야 합니다.

셋째, 글 전체의 구성이 잘 이루어졌는지 살펴봅니다. 예를 들어 서론에 해당하는 부분이 지나치게 길다든지, 결론에 해당하는 부분이 너무 짧다든지, 전체적인 구성이 균형을 잃고 있다면 다시 고쳐 써야 하겠지요.

우리가 시간을 들여 열심히 책을 읽고 난 후 독후감을 잘 쓰기 위해서는 책을 읽고 있는 동안의 느낌을 잊지 않고 글로써 표현할 줄 알아야 하며, 책을 읽고 가장 감명받은 부분을 기억하고 있어야 합니다. 또한 다른 사람들은 어떻게 독후감을 썼는지 남의 것을 읽어 보고, 자신의 것과 비교해 보며 자주 글을 써 보는 것이 중요합니다. 그렇게 하다 보면 자신만의 개성 있는 필치로 독특한 감상문을 쓸 수 있게 되지요. 학교에서 아무리 독후감 숙제를 내주어도 부담없이 즐거운 기분으로 끝낼 수 있을 겁니다!

🎱 그 밖에 알아두면 유익한 것들

┃ 독후감 쓰기 10대 원칙 ┃

1. 자신의 수준에 맞는 책을 선택합시다.

2. 독후감 쓰는 형식이 있기는 하지만 너무 거기에 구애받을 필

요는 없습니다.

　3. 자신이 작가라면 어떻게 글을 이끌어갈지를 생각하며 읽어
봅시다.

　4. 평소 음악 평론이나 영화 평론을 많이 읽어 봅시다.

　5. 읽으면서 마음에 와닿는 것이 있다면 따로 적어 둡시다.

　6. 현대 사회의 문제점과 비교하면서 읽어 봅시다.

　7. 모르는 것이 있으면 적어 두는 습관을 기릅시다.

　8. 신문 사설이나 칼럼을 스크랩해서 필요할 때 사용합시다.

　9. 요약하는 데에만 집착하지 말고 제대로 책을 읽읍시다.

　10. 읽은 후에는 꼭 독후감을 직접 써 봅시다.

▌책을 읽는 10가지 방법 ▌

　1. 아주 어릴 때부터 책과 친하게 지내는 습관을 기릅시다.

　2. 너무 속독하려 하지 말고 담겨진 내용을 충실히 읽는 습관을
기릅시다.

　3. 항상 작품이 나와 어떠한 상관 관계가 있는지 체크를 해 가
며 읽읍시다.

　4. 무조건 책장을 넘길 것이 아니라 시시비비를 가려 가면서 읽
읍시다.

　5. 매일매일 조금씩이라도 책을 읽는 습관을 들입시다.

　6. 책 속에 담긴 뜻을 음미하고 되새기면서 읽읍시다.

　7. 너무 자신의 취향에 맞는 책만 읽지 말고 다양한 장르의 책

을 골고루 읽도록 합시다.

8. 책 속에 담겨진 교훈을 깊이 생각하고 생활에 적용시킵시다.

9. 책에 따라 읽는 방법을 달리하는 습관을 들입시다. 모든 책이 만화책은 아니기 때문이죠.

10. 바른 자세로 앉아 눈과의 거리를 30cm 두고 밝은 곳에서 읽읍시다.

 원고지 제대로 사용하기

▌ 제목 및 첫 장 쓰기 ▌

1. 제목은 석 줄을 잡아 둘째 줄 가운데에 씁니다.

2. 1행 2칸부터 글의 종별을 표시합니다. 가령 수필이면 '수필'이라고 씁니다. 간혹 글의 종별을 표시 없이 비워 두는 경우가 많은데 이는 적는 것을 잊었거나, 원고지 사용법에 무관심하기 때문입니다.

3. 제목을 쓸 때에는 마침표를 찍지 않고, 물음표와 느낌표는 붙이지 않는 것이 좋습니다.

4. 제목에 줄임표는 사용하지 않는 것이 상례입니다.

5. 이름은 넷째 줄 끝에 두 칸 정도를 남기고 씁니다. 특별한 경우에는 서너 칸을 남겨도 됩니다.

6. 성과 이름은 붙여 씁니다. 다만, 성과 이름을 분명히 구별할

249

필요가 있을 경우에는 띄어 쓸 수 있습니다. 예) 임채후(○), 남궁석(○), 남궁 석(○)

7. 본문은 여섯째 줄부터 쓰는 것이 좋습니다. 단, 특수한 작문인 경우는 적절히 올려 넷째 줄부터 본문을 시작해도 상관없습니다.

8. 학교 이름이나 주소가 길 경우에는 세 줄을 잡아 쓸 수 있습니다.

9. 주소는 보통 표제지에 기재하고 원고지 첫 장에는 제목과 성명만 간단하게 적는 것이 상례입니다.

10. 성명의 각 글자는 시각적 효과를 위해 널찍하게 한두 칸씩 비워 써도 무방합니다.

11. 학교 앞에 지명을 기입할 때는 학교명을 모두 붙여 써서 지방을 표시하는 지명과 학교명의 구분을 명확히 해 주는 것이 좋습니다.

▌ 첫 칸 비우기 ▌

1. 각 문단이 시작될 때는 첫 칸을 비우고 씁니다.

2. 대화체의 경우는 첫 칸을 비우고 씁니다.

3. 인용문이 길 때는 행을 따로 잡아 쓰되, 인용 부분 전체를 한 칸 들여서 씁니다.

4. 첫째, 둘째, 셋째 등으로 이야기를 전개해야 할 때는 시작할 때마다 첫 칸을 비울 수 있습니다. 단, 그 길이가 길거나 제시된

내용을 선명하게 하고자 할 때 비워 둡니다.

5. 시는 처음 두 칸 정도 줄마다 비우고 씁니다.

▌줄 바꾸기 ▌

1. 문단이 바뀔 때는 줄을 바꾸어 씁니다.

2. 대화는 줄을 새로 잡아 씁니다.

3. 인용문을 시작할 때는 줄을 바꾸어 씁니다. 단, 그 길이가 길 때 한해서입니다.

4. 대화나 인용문 뒤에 이어지는 지문은 글이 다시 시작되는 것 이므로 한 칸을 들여 씁니다. 단, 이어 받는 말로 시작되는 지문 은 첫 칸부터 씁니다.

▌문장 부호 및 아라비아 숫자, 영문자 ▌

1. 문장 부호는 한 칸에 하나씩 넣는 것이 원칙입니다.

2. 아라바아 숫자는 한 칸에 두 자씩 넣습니다.

3. 한자(漢字)로 쓸 때는 띄어 쓰지 않습니다. 그러나 한자와 한 글이 함께 쓰이면 띄어 쓰기를 합니다.

4. 마침표(.)와 쉼표(,) 다음에는 통례상 한 칸을 비우지 않으 며, 느낌표(!), 물음표(?) 다음에는 통례상 한 칸을 비웁니다.

5. 행의 첫 칸에는 문장 부호를 쓰지 않습니다. 첫 칸에 문장 부 호를 써야 할 경우는 그 바로 윗줄의 마지막 칸에 글자와 함께 씁 니다.

6. 영문자의 경우, 대문자는 한 칸에 한 글자, 소문자는 한 칸에 두 글자씩 넣습니다.

10 문장 부호 바로 알고 쓰기

1. 마침표 : 문장을 끝마치고 찍는 문장 부호로 온점(.), 물음표(?), 느낌표(!)를 이르는 말입니다.

2. 쉼표 : 문장 중간에 찍는 반점(,) 가운뎃점(·) 쌍점(:) 빗금(/)을 이르는 말입니다.

3. 따옴표 : 대화, 인용, 특별어구를 나타낼 때 쓰는 문장 부호로 큰따옴표(" ")와 작은따옴표(' ')를 씁니다.

4. 그 밖의 문장 부호 : 물결표(～)는 '내지(얼마에서 얼마까지)'라는 뜻에 씁니다. 줄임표(……)는 할말을 줄였을 때와 말이 없음을 나타낼 때 씁니다.

11 마치며

초등학교나 중학교에서는 독후감이라는 말을 사용하지만 고등학교에 가게 되면 독후감이라는 말보다는 아마 논술이라는 말을 더 많이 쓰고 더 많이 듣게 될 것입니다. 논술이란 말 그대로 어떠한 논제를 가지고 논리적으로 서술하는 것을 말하는데, 이는 하루아침에 이루어지는 능력이 아니랍니다. 다양한 분야의 많은 것을 폭넓고 깊이 있게 알고, 자기의 주관을 뚜렷이 할 때만이 논술을 잘 쓰게 되는 것이지요. 그러기 위해서는 중학교 시절부터 많은 책을 읽어 보고 스스로 글을 써 보는 훈련을 하는 것이 중요합니다.

실제로 고등학교에 가면 교과목 공부에도 시간이 모자라 제대로 책을 읽을 시간이 없거든요. 무엇을 알아야 글을 쓸 것이고, 자신의 주장을 피력할 것 아니겠어요? 그러니 조금이라도 시간이 더 있는 중학생 시절에 좋은 책을 많이 읽어 보고, 생각해 보며, 글을 써 보는 노력을 하는 것이 여러분의 미래를 더욱 밝게 해줄 것입니다. 시간도 절약이 되고요. 아마 그렇게 한 사람은 그렇지 않은 사람보다 10리쯤 앞서 나가지 않을까 생각되는데 여러분 생각은 어떠세요?

▐ 성 낙 수 ▐
한국교원대학교 교수, 연세대학교 졸업, 동 대학원에서 석사 · 박사 학위 받음.
▐ 유 의 종 ▐
신일중학교 교사, 고려대학교 졸업, 한국교원대학교 대학원 수료.
▐ 조 현 숙 ▐
제천여자중학교 교사, 한국교원대학교 졸업, 동 대학원 수료.

중학생이 보는
메밀꽃 필 무렵

초판 1쇄 발행 2000년 12월 20일
초판 13쇄 발행 2020년 3월 30일

엮 은 이 성낙수 · 유의종 · 조현숙
지 은 이 이 효 석
펴 낸 이 신 원 영
펴 낸 곳 (주)신원문화사

주   소 서울시 구로구 가마산로 27길 14(신원빌딩 10층)
전   화 3664-2131~4
팩   스 3664-2130

출판등록 1976년 9월 16일 제5-68호

＊ 잘못된 책은 바꾸어 드립니다.

ISBN 89-359-0958-0 43810